스트리밍 시대에 음악을 애정하는 새로운 방법

음악을 입다

음악을 입다

스트리밍 시대에 음악을 애정하는 새로운 방법

초판 1쇄 찍은날 2020년 7월 23일
초판 1쇄 펴낸날 2020년 7월 30일

지은이 백영훈

편집 이주호, 신태진, 박범서 | **사진·디자인** 신태진, 김민혁
표지 일러스트 임찬미 limchanmi.art
펴낸곳 브릭스 | **주소** 서울시 종로구 새문안로5가길 28 광화문플래티넘오피스텔 502호
전화 02-465-4352 | **팩스** 02-734-4352
브릭스 매거진

ISBN 979-11-90093-09-5 03810

이 도서의 국립중앙도서관 이 도서의 국립중앙도서관 출판예정도서목록(CIP)은 서지정보유통지원
시스템 홈페이지(http://seoji.nl.go.kr)와 국가자료종합목록 구축시스템(http://kolis-net.nl.go.kr)
에서 이용하실 수 있습니다.
(CIP제어번호 : CIP2020028861)

스트리밍 시대에 음악을 애정하는 새로운 방법

음악을 입다

LISTEN TO
t-SHIRT

백영훈 지음

브릭스,

왜 음악을 입는가?

박근홍

ABTB와 게이트 플라워즈의 보컬리스트

대략 5년 전, '메탈리카'나 '아이언 메이든' 같은 밴드의 로고를 프린팅한 록·메탈 티셔츠가 유행한 적이 있다. "밴드를 모른다면 그 셔츠를 입지 마"라는 말이 나올 정도로 인기를 끌었고, 그에 편승하여 국내 모 스파 브랜드가 뮤직 티셔츠 시리즈를 출시하기도 했다. 인터넷에서 여성 아이돌 그룹 멤버가 '쌍팔년도' 메탈 밴드 티셔츠를 입고 있는 모습을 봤을 때 느낀 복잡미묘한 감정이 지금도 생생할 지경이다. '패션 테러리스트'의 상징이었던 뮤직 티셔츠가 바야흐로 '패피'들의 아이템이 되다니!

학창시절, 꼭 그런 티셔츠만 입고 다니던 친구가 있었다. 반에서 '음악광'으로 통하던 친구들. 그들은 자신의 음악적 기호와 식견을 드러내기 위해 옷을 입었다. '와, 나도 저 뮤지션 좋아하는데.' '오, 저 뮤지션의 티셔츠를 입다니 뭘 좀 아는군.' 마치 휴가를 앞둔 군인이 민간인들은 알아보지 못할 군복 주름의 디테일에 신경

을 쓰는 것처럼 음악광들은 어떤 뮤지션의 티셔츠를 입을지 고민한다. 그들에게 뮤직 티셔츠는 줄잡은 제복과 같다.

왜 이렇게 티셔츠에 집착하는지 의아해할 사람도 있을 것이다. 그도 그럴 것이 음반 수집가는 익숙해도 티셔츠 수집가는 생소하니까. 하지만 당신이 한 번이라도 뮤직 티셔츠를 사봤다면 이해할 수 있을 것이다. 몇몇 유명 뮤지션을 제외한 대부분의 뮤직 티셔츠는 생각보다 구하기 어렵다. 처음부터 한정 수량만 만들기 때문이다. 그래서 음반보다 그 음반이 프린팅된 티셔츠를 구하기가 더 어렵다. 굳이 방 한가득 채운 음반 컬렉션을 보여줄 필요 없이, 그런 티셔츠를 입은 자체가 음악광으로서 훌륭한 자기 증명이 된다.

사실 뮤지션에게도 티셔츠는 중요하다. 예로부터 각 지역 클럽을 전전하며 공연하는 뮤지션은 음반과 더불어 티셔츠를 팔아 생계를 유지했다. 공연을 성공적으로 마쳤다면 그에 비례하여 티셔츠 판

매량도 증가했다. 오죽하면 저 유명한 독설가인 '오아시스'의 노엘 갤러거가 "티셔츠나 사라"고 했겠는가. CD 앨범을 제작하지 않는 요즘 같은 때, 티셔츠는 더 중요한 존재가 되었다. 특정 일시와 공연장소가 프린팅된 티셔츠는 나중에 경매를 통해 고가에 팔리기도 한다.

이제 왜 글쓴이가 "음악을 입다"라는 제목의 책을 썼는지 알 수 있을 것이다. 그 생소하디생소한 '티셔츠 수집가'를 자처하는 것만으로도 그가 얼마나 음악에 미쳤는지 잘 알 수 있다. 구글링 조금만 하면 알 수 있는 피상적인 정보의 나열이 아닌, 직접 보고 듣고 입은 음악에 대한 깊은 애정이 첫 장부터 마지막 장까지 절절히 담겨 있다. 티셔츠 하나하나에 담긴 글쓴이의 음악 여정을 같이 되짚어나가다 보면 어느새 인생에서 음악이 가장 소중했던 시절이 떠오를 것이다.

마지막으로 저 내로라하는 뮤지션들 사이에 ABTB를 끼워준 글쓴이에게 무한한 감사를 전한다. 뭔가 보답을 해야 할 텐데……. 아, 그렇지! 본문에도 수록된 ABTB 티셔츠는 전 세계에 100장밖에 없는 한정생산품이다. 이제 ABTB가 유명해지기만을 기다리시면 된다.

우리 안의 마니아를 깨우는

최상훈

퓰리처상 수상 저널리스트, 뉴욕타임즈 서울 지국장

이 책을 읽기 전까진 티셔츠에 알록달록 새긴 글자나 무늬에 이렇게 많은 사연이 담길 수 있다는 걸 몰랐다. 이제부턴 길거리에서 마주칠 누군가의 티셔츠가 예사롭지 않을 것 같다. 진부해 보여 그냥 지나쳤던 일상의 디테일이 새로운 세상으로 통하는 문이 될 줄이야.

이 책은 팝 뮤직과 티셔츠를 함께 사랑한 사람의 자기 고백이다. 팝 뮤직에 관한 책은 많다. 티셔츠에 관한 책도 많을 듯하다. 하지만 팝 뮤직과 티셔츠에 관한 책은 드물다. 이 책의 독창성이자 매력이다.

저자 백영훈은 티셔츠를 고치려고 세탁소에 가는, 내가 아는 유일한 사람이다. 주말에 친구를 만나면 매번 다른 티셔츠를 입고 나타난다. 필리핀 이멜다의 구두만큼 많은 티셔츠를 소유했는지도 모르지만, 그녀와 달리 티셔츠 하나하나마다 연관된 뮤지션, 앨범, 공연, 언제 어디서 어떻게 그 티셔츠를 구입했는지 이야기가 담겨 있다.

저자에게 티셔츠는 입는 옷이기도 하지만 자기 정체성의 표현이기도 하다. 이렇게 옷을 입는 사람이 많아지면 세상이 얼마나 더 화려해질까. 평범해 보이면서도 한 가지에 조용히 오랫동안 애착을 가지고 몰입하는 사람, 그런 사람이 수십 년 마니아 인생을 이 책에 펼쳐 보였다. 내 안에 숨겨진 마니아는 무엇에 몰두하고 무엇을 추구하고 있을까? 그 마니아가 깨어날 때 내 인생 또한 더 만족스러워질 것 같다.

일러두기

1. 본문에서 앨범명은 《 》, 곡명은 〈 〉, 책은 『 』, 영화와 기사 등은 「 」로 묶었습니다.

2. 외국 인명, 장소명, 작품명 등은 외국어표기법에 따라 표기했으나 관용적으로 굳어진 경우는 예외로 두었습니다.

3. 본문의 외국어 가사, 인터뷰, 기사 등은 저자가 직접 번역했습니다.

4. 오른쪽 QR코드를 스캔하면 저자가 선곡한 본문 뮤지션들의 음악을 들을 수 있습니다. (유튜브)

닥터 티셔츠 러브

또는 나는 어떻게 걱정을 멈추고
티셔츠와 사랑에 빠지게 됐는가?

세 가지 영화 퀴즈를 드리겠습니다.

첫 번째 문제. 영화 「어벤저스」에서 아이언맨 토니 스타크가 입었던 검은색 티셔츠를 기억하시나요?

두 번째 문제. 「500일의 섬머」에서 주인공 톰이 그의 뮤즈인 섬머와 레코드숍에서 데이트를 할 때 입고 있었던 티셔츠는 무엇이었을까요?

마지막. 마블의 또 다른 히어로 영화 「캡틴 마블」에서 지구로 다시 불시착한 캡틴 마블이 스크럴족과의 추격 과정 중에 그녀에게 수작을 걸던 남자 바이커의 의상을 뺏어 입는데요, 그 흰색 티셔츠가 무엇인지 기억하시나요?

먼저, 이 세 명의 캐릭터는 모두 록 밴드 티셔츠, 그러니까 '음악을 입고' 있었습니다.

그들이 입었던 영화 속 티셔츠는 제작진이 보기에 스타일이 좋아 선택한 단순한 패션 아이템이 아니라 영화의 의미를 좀 더 풍성하게 담고 있는 '미장센'의 일부입니다.

왜 그럴까요?

먼저, 토니 스타크가 입고 있던 티셔츠는 영국의 록 밴드 블랙 사바스의 1978년 미국 투어 티셔츠입니다. 옷에 그려진 그림은 같은 해 발표된 앨범《Never Say Die》의 앨범 재킷과 같은 그림이지요. 1976년에 발표된 곡 〈Iron Man〉은 시리즈의 결산인 「어벤저스: 엔드게임」에 삽입되기도 했습니다. 그 유명한 "아이 앰 아이언 맨"이라는 대사와 함께 말이죠.

「500일의 섬머」에서 음악 마니아인 톰은 록 밴드 조이 디비전의 〈사랑이 우리를 갈라놓으리라〉 싱글 재킷이 그려진 티셔츠를 입고 있었습니다. 톰의 가슴에 새겨진 'Love Will Tear Us Apart'라는 문구는 사랑이 싹터 가는 여인 '섬머'와의 데이트 장면에서 역설적으로 이 둘의 앞날을 슬쩍 드러내 주고 있던 것이지요.

마지막으로 외계 종족과의 추격 신에서 캡틴 마블은 미국의 록 밴드 나인 인치 네일스의 로고가 새겨진 담백한 디자인의 티셔츠를 입습니다. 영화 전반에 배치한 모던 록들과 비주얼들은 여성의 독립된 힘을 보여주기 위한 장치였는데, 그중에서도 나인 인치 네일스의 밴드명 이니셜로 디자인 된 단순한 로고는 시선을 쓸데없이 티셔츠로 가게 하지 않기 위해서였다고, 영화의 미술감독이 한 인터뷰에서 밝혔습니다. 이처럼 대중문화의 콘텐츠와 아이콘의 매개로서 티셔츠에는 실로 다양한 코드와 흥미로운 이야기들이 배치되어 있습니다.

저는 70년대 초에 태어난 자칭 '팝 키드'입니다. 거창하게 보면 대한민국에서 태어나 대중문화의 수혜를 가장 많이 누릴 수 있던 세대였습니다. 제조업과 수출이 주도했던 경제성장 시기에 청소년기를 보냈고, 감수성이 예민했던 저의 일이십 대는 영미권을 중심으로 팝과 모던 록 음악의 전성기였습니다. 당시엔 대학을 졸업만 하면 사회로 나가는 게 그리 어렵지 않았습니다. 많은 수의 대기업이 동시에 공채를 진행했고, 취업의 문이 그리 높지 않았습니다. 음악이 주는 낭만으로 한껏 부풀어 자라난 팝 키드가 사회에 나가 그때의 취향을 더욱 발전시켜 왕년의 아티스트들뿐만 아니라 호기심이 생기는 새로운 뮤지션들의 음반, 공연에 별 어려움 없이 돈을 쓸 수 있던 것이지요.

제 이전에 태어난, 그러니까 지금 오십 대 이상의 선배들은 대개 생활보다 생존이 우선이었고, 적지 않은 이들이 아직 민주화와 시민 사회의 기본 권리가 제대로 갖춰지지 않은 사회에서 인간의 기본 권리를 목숨 걸고 '쟁취'해야 했습니다. 자신의 개인 취향을 인생의 우선순위에 놓지 못했지요. 반면, 제 또래보다 5년 정도 사회생활을 늦게 시작한 후배들은 IMF 위기로 대변되는, 전례 없이 심각했던 국가 경제 위기와 취업난 속에서 이십 대를 보냈습니다.

"선배 세대는 행운의 세대예요. 그 세대에 유독 대중문화 장르 마니아와 자칭 전문가, 평론가가 많은 건 시대의 흐름 때문이었지, 이후나 이전 세대의 문화적 감수성이 뒤처지기 때문이 아니예요."

후배들의 다소 박탈감 섞인 세대 규정과 푸념을 접할 때마다, 풍요로웠던 팝 문화 시대에 큰 어려움 없이 자란 저는 그들에게 일종의 부채 의식을 느끼게 됩니다. 그래서인지 주변 친구나 후배 들과 좋아하는 음악 이야기를 나눌 때마다 곧잘 제가 경험하고 누린 정보를 과한 열정으로 설명하며 뭔가 상쇄해 보려고 애를 쓰고 맙니다. 그야말로 일방향 'TMI'에 그치고 있다는 걸 느끼면서도 꼭 그런 모양새가 되고 마네요. 그래서일까요, 유독 음악에 관심 있는 친구를 만나면 뮤지션이나 밴드의 뮤직 티셔츠를 선물하며 각별한 기쁨을 느끼기도 합니다. 물론 받는 사람의 음악 취향과 생김새에 어울리는 티셔츠를 고르는 일까지 포함해서요.

지난겨울, 상자에 넣어 두었던 티셔츠를 정리하다 깜짝 놀랐습니다. 상자 안에 숫자를 세기도 힘들 정도로 많은 티셔츠가 차곡차곡 포개져 있더군요. 대다수가 뮤직 티셔츠였지요. 지난 이십여 년간 여러 경로를 통해 구매한 저만의 컬렉션이자 갤러리였습니다. 왜 이토록 집착하듯 뮤직 티셔츠를 사 모았을까요? 사고 모으는 재미 이상의 뭔가가 있지 않았을까요? 분명한 것은 이것이 제 나름의 큐레이션이었다는 사실입니다. 그렇기에 당연하게도 셔츠와 셔츠 사이를 잇는 맥락이 읽혔습니다. 그래서 이에 관한 이야기를 해보기로 했습니다.

스탠리 큐브릭의 영화 「닥터 스트레인지 러브(부제: 나는 어떻게 걱정을 멈추고 폭탄을 사랑하게 되었는가?)」의 제목이 모티프처럼 떠올랐습니다. 감히 큐브릭의 작품명을 빌려 말하자면, 이 책은 어떻게 제가 세상에 대한 걱정을 잠깐이나마 멈추고 티셔츠를 사랑하게 되었는가에 대한 이야기이자, 티셔츠에 새겨진 그림과 문구에서 재생되는 음악의 믹스테이프입니다. 중년이 된 팝 키드는 다소 철이 들 수는 있어도 절대 노회하지 않는다는 걸 증명하기 위한 '티셔츠 로그'인 셈입니다. 티셔츠 하나마다 구입하기까지 좌충우돌, 동분서주했던 에피소드가 있습니다. 음악, 패션이 아니라도 무언가를 모으고 소장하는 분들, 여전히 자신만의 소중한 추억을 아껴가며 꺼내 보는 이들과 이야기를 나눌 수 있지 않을까 합니다.

티셔츠에 대한 사랑은 날이 선 생계유지와, 무얼 해도 채워지지 않는 휴일의 허무함에 어느 정도 맞서게 해 주었습니다. 인생의 헤아릴 수 없는 고민, 반복된 잡념을 일관된 수집과 착용으로 다소 잊을 수 있었습니다. 적당히 스타일 있게 말이지요.

그동안 티셔츠에 적지 않은 돈을 썼습니다. 해골을 뚫고 전기의자에 박력 있게 새겨진 메탈리카의 로고, 녹색과 노란색 자메이카 국기 배경에 여전히 레게와 평화의 클리셰로 반복되는 밥 말리, 애비 로드를 지나가는 전설의 딱정벌레 네 마리, '3'이란 숫자만으로 힙을 발산하는 챈스 더 래퍼, 로봇 머리 두 개가 반짝이는 다프트펑크. 이 아이콘들로 세대 불문 이야기를 나눌 수 있으면 좋겠습니다. 한 계절 시효는 다할 수 있어도, 날씨에 따라 기분에 따라 언젠가는 다시 재생되는 음악처럼 말이지요. 티셔츠를 매개로 제가 고른 아티스트들의 이야기와 그들의 주옥같은 음악이 오늘 여러분의 귀와 가슴에 잠시 머물다 가길 바랍니다.

Playlist

I. 당신의 티셔츠에선 어떤 음악이 흐르나요?
공연의 정표

II. 아이콘을 가슴에 새긴다는 것
전설을 입다

III. 편애의 믹스테이프
그 영화 들어 봤어?

IV. 움직이는 행복의 갤러리
이럴 땐 이런 티셔츠

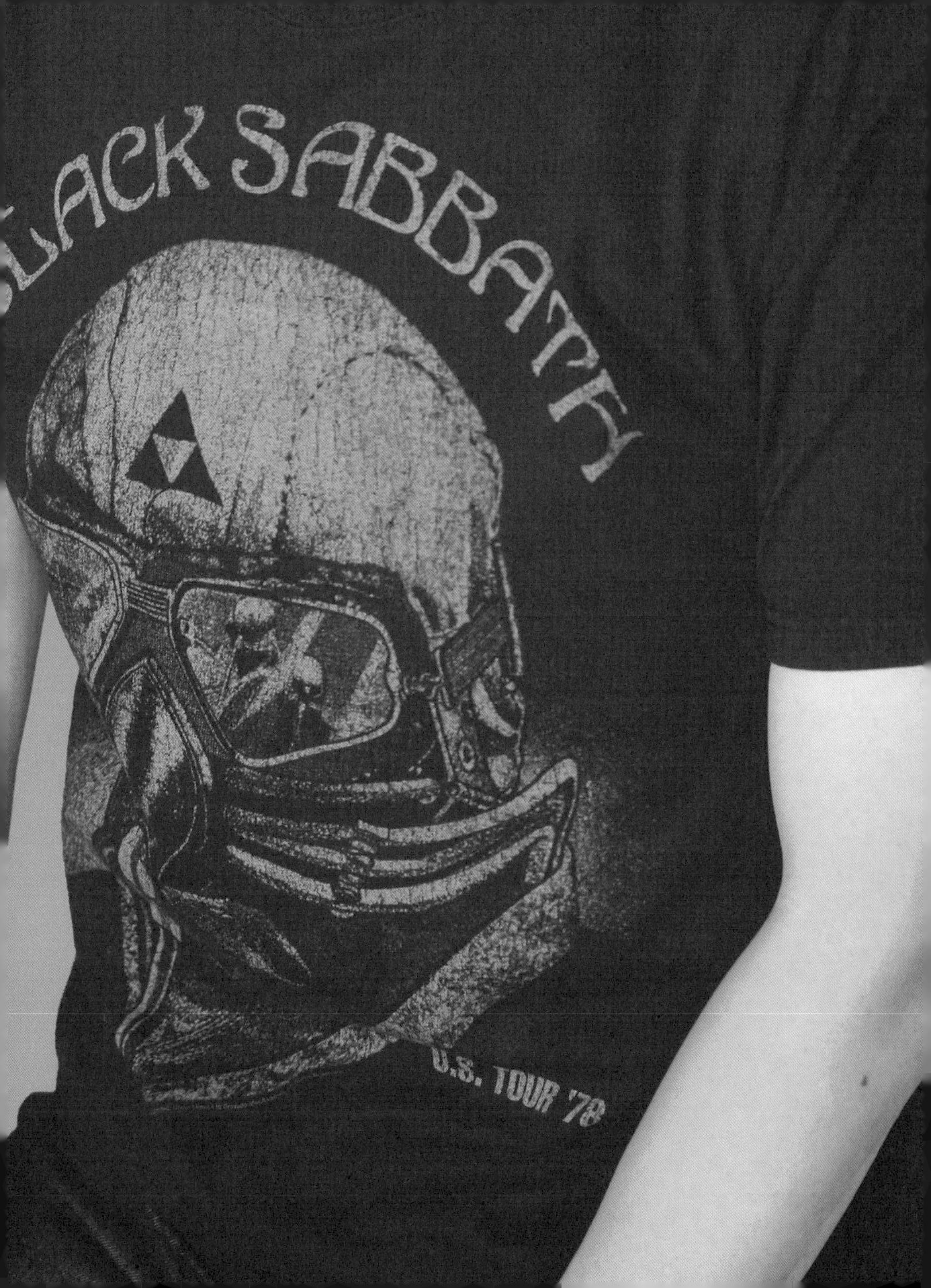
BLACK SABBATH
U.S. TOUR '78

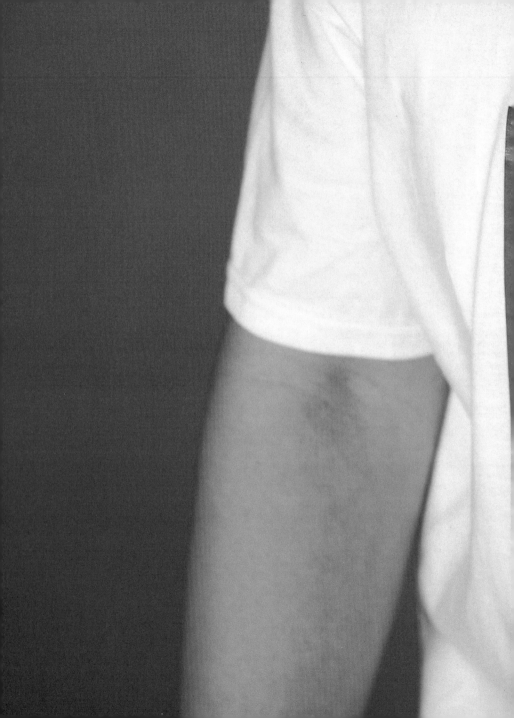

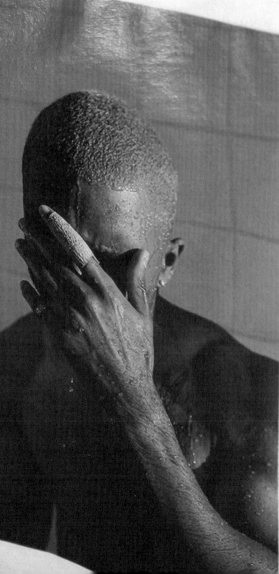

I. 당신의 티셔츠에선

어떤 음악이 흐르나요?

공연의 정표

당신은 입어 봤나요,
그의 음악을

팻 메스니, 1995년, 2016년 올림픽공원

Jazziz

당신의 팬층은 다양하지만 한편으론 여러 부류로 나뉘어 있다고도
할 수 있습니다. 혹시나 그런 점이 신경 쓰이진 않습니까?

팻 메스니

전 사람들이 제 음악을 어떻게 여기는지 크게 걱정하지 않아요.
저는 단지 제가 사랑하고 강하게 느끼는 음악을 하기 위해
애쓸 뿐입니다. 전 솔직히 사람들이 어떤 걸 선호하는지
모르겠으니까요. 제가 쌓아 온 성공이란 게 있다면, 그건 단지
음악 자체에서 찾은 진정성을 유지하면서 동시에 제 직감과
본능을 따라 갔던 데서 비롯된 것이 아닐까 싶습니다.

- 팻 메스니, 「Jazziz」와의 2001년 인터뷰 중

#오늘의티셔츠

옷장 서랍을 열고 어떤 티셔츠를 입고 나갈까 뒤적거린다.
몇 단으로 개어져 있는 옷들을 헤치고 기분에 맞는 걸 고르는 일이
오늘따라 귀찮다. 언젠가 읽었던 팻 메스니Pat Metheny의 인터뷰에서
왜 그리 주구장창 가로 줄무늬 티셔츠만 입느냐는 질문에 그는
이렇게 대답했다.
"음악에 더 집중하고 싶어서 패션 스타일을 멀리 하고 있어요."
경비들이 입는 유니폼 같은 게 음악하는 사람에게도 있었으면
좋겠다는 '패션 무심'을 토로하는 대목은 충격이었다.
그 전까지만 해도 프랑스의 캐주얼 브랜드인 '세인트 제임스'의
시그니처격인 스트라이프 티셔츠로 자신의 스타일을 완성해 왔다고
짐작했으니 말이다. 일찍이 그 브랜드의 티셔츠만 줄곧 입었던
파블로 피카소처럼.
어찌됐건, 뮤지션은 종종 본인의 의도와는 상관없이 그저 툭 걸쳐
입는 것만으로 유행을 만들어 내기도 한다. 커트 코베인이 즐겨 입었던
빈티지 카디건이나 프레디 머큐리가 공연 때 신던 아디다스 헤라클레스,
그런 무심함이 일종의 패션 팬덤을 만들어내는 역설이라니.
그러나 난 빈티지한 카디건을 입으면 일순 대여섯은 더 먹은 초로의
아저씨처럼 보인다. 특히나 목선에 자신이 없는 데다 군데군데

작은 점이 있다. 그러니 목 부분이 많이 파인 스트라이프 티셔츠는 설령 마음이 내켜도 입지 않는다. 귀찮은 마음에 집에서 입고 있던 '패션 무심주의자' 팻 메스니가 그려진 집업 후디를 걸쳤다. 그리고 이어폰을 꽂고 〈We Live Here〉를 들었다. 무심함의 멋에 대해 잠깐 생각하다, 폭포수같이 쏟아지는 기타, 신시사이저 연주에 잡념은 자취도 없이 사라졌다.

#패션무심주의는하이패션
#블랙사바스팻메스니의믹스매치

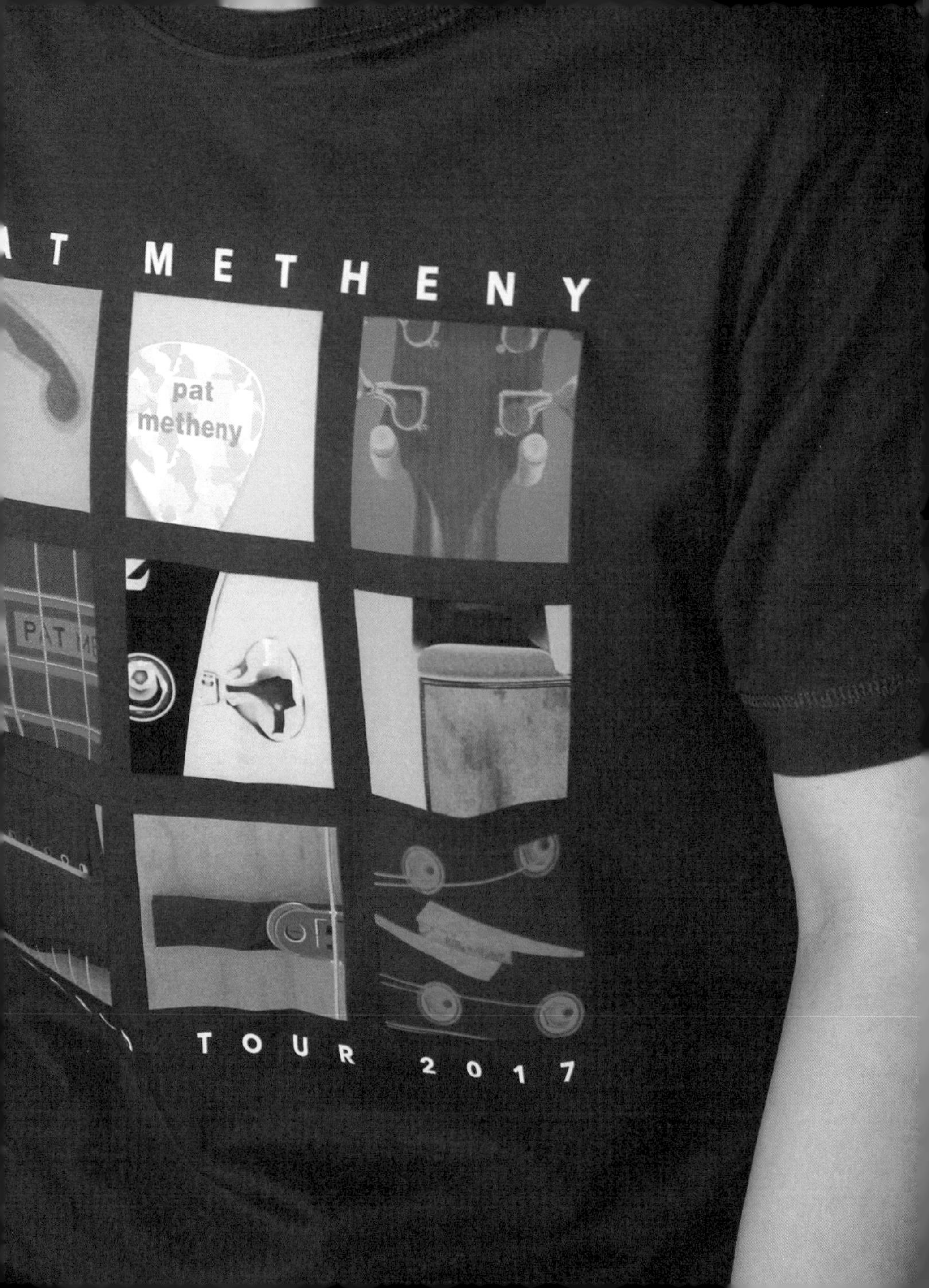
AT METHENY
pat
metheny
PAT ME
TOUR 2017

1990년대 중반은 다양한 장르의 뮤지션들이 처음으로 내한 공연을 가졌던, 최초와 풍요라는 수식으로 가득한 시기였다. 특히 1995년은 한국 세관 역사상 전례 없이 많은 악기와 버드와이저 맥주가 통과한 해였다. 딥 퍼플, 블랙 사바스, 본 조비, 스키드 로우, 올포원, 해리 코닉 주니어. 그동안 한국 시장에 관심을 주지 못해 미안했다는 듯 거의 한 달 간격으로 기념비적인 공연이 열렸다.

그 진격의 1995년은, 지금 돌이켜보면, 내겐 단연 팻 메스니의 해였다. 그해 팻 메스니 그룹PMG은 신보 《We Live Here》를 발표하며 월드 투어 일정을 공개했는데, 대한민국도 그 여정에 포함되었다. 《Offramp》 앨범에서 〈Are You Going With Me?나와 함께 갈래요?〉라고 충동질을 해 놓고 10년도 넘게 지나서야 함께 떠나기를 갈망하던 이곳의 팬들을 만나러 온 것이다.

여행의 첫 집결지는 올림픽공원 체조경기장. 공연장 입구에선 월드 투어를 함께 돌고 있던 팻 메스니 그룹의 스태프들이 투어 기념 티셔츠를 팔고 있었다. 나는 고심 끝에 티셔츠 한 장을 집어 들었다. 이런 경험이 처음이어서였을까, 날이면 날마다 오는 기회가 아니기 때문에 흥분했던 것일까. 실로 낯부끄러운 소동이 벌어졌다.

"이 티셔츠 한 장에 얼마죠?"

"써리 싸우즌(3만 원)."

"뭐 30만 원? 터무니없네, 정말. 난센스라고!"

티셔츠 한 벌에 수십만 원이라는 사실(?)이 너무나 황당했다. 이 사람들이 한국 팬들을 호구로 보나, 어디서 이런 걸로 남겨 먹으려고 하는 거지. 나는 매우 당당하게 항의했다.

판매대의 미국인 직원은 물론 함께 간 친구마저 이 사태를 지켜보며 넋이 나갔다. 그들의 어이없는 표정에 아드레날린이 급속히 식으며 간단한 산수와 외국어 통역 체계가 제대로 가동되기 시작했다.

"나 화장실 좀 갔다 올게."

나는 친구에게 3만 원을 쥐어 주며 그 직원에게 미안하다는 말도 없이 매장을 빠져 나왔다. 난감하고 민망했던 그 소동을 보상이라도 하듯 티셔츠는 꽤나 근사했다. 이국적인 여행의 이미지들과 앨범명이 함께 콜라주된 디자인에, 여느 투어 공연 티셔츠들이 그렇듯 등 뒤에 그해의 월드 투어 장소들이 박혀 있었다.

"1995년 10월 5일, 서울, 코리아"

잊을 수 없는 숫자와 장소. 그것이 내가 기억하는 나의 첫 번째 뮤직 티셔츠였다.

공연이 막 시작되기 전, 실내체육관 내의 술렁임은 재즈 공연이라기보다는 록 공연에 가까웠다. 팻을 포함한 일곱 명의 밴드가 무대에 자리 잡는 실루엣이 보이고, 여러 대의 기타와 피아노, 신시사이저, 콘트라베이스, 드럼, 퍼커션, 마이크, 마림바 등의 악기가 그들 앞에 놓여 있었다. 조명이 들어오자 트레이드마크인 가로 줄무늬 티셔츠와 청바지 차림의 사자 머리 남자가 〈Have You Heard?당신은 들어 봤나요?〉의 첫 소절을 띄웠다. 이 곡을 바로 앞에서, 실제로 듣는구나. 부끄러운 소동 끝에 구입한 셔츠 안에서 가슴이 주체 못할 지경으로 두근댔다.

멜로디 라인을 지나 애드리브 없이 곧장 이어지는 팻의 빠르고 정교한 솔로 연주. 꼼꼼하고 섬세한 라일 메이스Lyle Mays(최근 세상을 떠났다)의 건반, 폴 워티코Paul Wertico와 스티브 로드비Steve Rodby가 받쳐주고 이끄는 리듬, 그리고 데이비드 블래마이어스David Blamires와 지금은 작고한 마크 레드포드Mark Ledford가 여러 악기의 연주와 함께 얽어 내는 스캣scat 라인까지 모든 것이 조밀한 점묘화마냥 촘촘했다. 마치 CD를 틀어 놓은 것처럼 한 치의 오차도 없었다. 행여 기시감에서 오는 실망감보다는, 현장에서 직접 그 빼어난 연주를 확인한다는 감동이 압도적이었다. 〈Have You Heard?〉라는 제목 그대로, 이제껏 음반으로나 듣던 연주를 이제야 제대로 듣는다는 느낌이었다.

이후 이 공연에서 산 티셔츠를 너무 자주 입고 다닌 탓에 몇 년 만에 잠옷이 되어 버렸고, 일상복과 잠옷으로 십 년의 세월을 채운 뒤 이제 보내주라는 주변의 위로 속에 고이 생의 용도를 마쳤다. 그 공연 티셔츠의 수명 동안 팻 메스니 또한 왕성하게 앨범을 발표했고, 열혈 청자로서 나는 그의 음악 여정에 함께했다. 자연스레 그의 앨범 재킷이나 연주 모습이 그려진 옷도 여러 벌 사들이게 됐다. 팻 메스니를 입는 것이 팻 메스니를 듣는 것과 점차 동등한 가치를 지니게 된 것이다.

처음 팻 메스니를 들었을 당시, 그는 재즈계의 무라카미 하루키 같은 존재이지 않았나 싶다. 지금은 워낙 그의 창작 스펙트럼이 넓고 깊어져 그런 단언을 하는 이들이 많지는 않지만, 당시엔 그를 단지 퓨전 재즈의 범주에 넣고, 재즈 메인스트림을 벗어나 작품성보다는 대중의 취향에 호소하는 연주자로 여기는 시선이 많았다. 90년대 한국 문학 평단이 무라카미 하루키를 스타일리시한 문체로 대중에 영합하는 작가로 바라보던 시선과 유사했다. 여기엔 그가 초창기에 속했던 ECM 레이블의 비주류적인 인상이나, 이후 몸담았던 게펜Geffen이나 워너뮤직 등이 당시엔 재즈보다 대중음악 위주였다는 영향도 있었을 것이다. 그러나 팻 메스니는 일찌감치 프리 재즈 색소폰 주자 오넷 콜먼Ornette Coleman이나 짐 홀Jim Hall, 존 스코필드John Scofield, 잭 디조넷Jack DeJohnette, 찰리 헤이든Charlie Haden 같은 세계적 거장들과의 협연으로 주류와 비주류를 넘나들며 평단의 시선을 자연스럽게, 그리고 성공적으로 제쳐왔다.

한국에서 팻 메스니의 음악은 대중 못지않게 뮤지션들에게도 큰 영향을 미쳤다. 특히 90년대 세련된 감성의 팝으로 탄탄한 팬층을 확보했던 빛과 소금, 어떤 날, 이병우, 유희열 등의 뮤지션들에게선 팻 메스니의 흔적을 쉽게 찾아볼 수 있다. 당시 심야에 편성되었던 TV 음악 프로그램 「수요예술무대」의 시그널 음악이 〈Last Train Home〉이었고, 유희열은 그의 프로젝트 토이의 앨범에 팻 메스니의 음악에 영감을 받았을 법한 여러 연주곡들을 만들어 넣었다. 빛과 소금의 〈샴푸의 요정〉을 처음 들었을 때, 리듬 라인이 팻 메스니 그룹의 《The First Circle》 앨범에 수록된 〈End of the Game〉과 거의 유사해 깜짝 놀라기도 했다.

팻 메스니의 음악이 팬들에게 폭넓은 인기를 누려 왔던 이유가 뭘까 생각해 보면 역시나 록과 팝, 월드뮤직 등 다채로운 장르의 화성과 여러 결의 리듬에 적지도, 과하지도 않은 서정성을 담아 왔기 때문이 아닐까 싶다. 팻 메스니 그룹의 음악은 마냥 어렵게 여겨지던 재즈, 그저 분위기 좋은 배경 음악 정도로 여겨 왔던 연주곡들에 대한 선입견을 허물어 주었다. 그 허물어진 벽을 넘고 나면 팻 메스니의 솔로나 트리오, 여러 실험적인 프로젝트에 이르기까지 음악을 듣는 외연이 확장되면서 급기야는 재즈라는 음악이 뭘까 하는 궁금증까지 갖게 된다.

내한 공연은 계속 이어졌다. 섬세한 연주의 호흡까지 감상할 수 있었던 단독 공연도 있었고, 좀 더 규모를 넓혀 그를 잘 모르는 팬들에게도 흥분을 안겨주었던 야외 잔디공원에서의 페스티벌 공연도 있었다.

눈을 감으면 그 모든 무대들이 어제의 기억처럼 소환된다. 이 추억들은 1995년의 '당신은 들어 봤나요?'라는 처음 질문으로 돌아간다. 고등학교 시절 친구의 LP 컬렉션에서 찾아낸 심심한 커버의《The First Circle》. 그 인연으로 누구의 안내나 권유 없이 30년 가까운 세월 동안 수십 장의 앨범을 샀고, 모든 내한 공연을 보았다. 그러면서 열 벌 가까운 티셔츠가 머물다 갔다. 그가 그렇듯 나 역시 계속해서 무언가를 모색하며 그가 진행하는 현재의 음악을 늘 새롭게 듣는다.

"당신은 들어 봤나요?"

1995년 이후 이 질문은 이렇게 바뀌기로 한다.

"당신은 입어 봤나요?"

《First Circle》

ECM 레이블에서 발표한 팻 메스니 그룹의 1984년 작이다. 팻 메스니(기타)와 라일 메이스(건반), 스티브 로드비(베이스) 주축 3인과, 폴 워티코(드럼), 페드로 아즈나Pedro Aznar(보이스, 기타, 퍼커션)의 구성으로 내놓은 이 앨범은 팻 메스니 그룹의 사운드에서 특히 중요한 요소인 보이스를 아르헨티나 출신의 페드로 아즈나가 맡아 전작인 《Offramp》의 신비스럽고 서정적인 분위기에서 좀 더 밝은 쪽으로 걸어 나갔다.

PMG의 대표 곡 중 하나로 사랑 받는 〈The First Circle〉은 물론, 〈Más Allá〉와 〈Praise〉는 페드로와 팻 메스니의 조합이 얼마나 특별한지 느낄 수 있는 트랙이다. 〈Yolanda, You Learn〉과 〈If I Could〉, 〈End of the Game〉로 이어지는 연주 또한 매력적이다. 내가 처음 이 앨범에 끌렸던 이유는 첫 곡 〈Forward March〉 때문이다. 스쿨 밴드의 합주 연습을 담은 듯한 작위적인 어리숙함은 곧이어 휘몰아칠 팻 메스니 세계로의 퉁명스럽지만 유머러스한 안내자 역할을 하는데, 혹시나 이 오프닝을 듣고 어이없는 나머지 앨범을 처박아버린 이들은 없을까 상상해 보기도 했다.

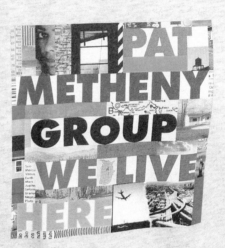

업보가 쌓이는 광경,
폭염 속의 떼창

라디오헤드, 2003년 몽트뢰와 2012년 지산

운명이여, 운명이여, 나를 세상으로부터 지켜줘

운명이여, 내 손을 잡아줘 세상으로부터 나를 지켜줘

여기 우린 혼돈 속에 달아나고 있어

그런데 난 어느 곳에서도 혼돈이 보이지 않아

그리고 이 세상이 돈다면 그리고 런던이 불탄다면

난 내 기타를 잡고 해변에 서 있을 거야

내가 천국에 갔을 때 나는 밴드에 있고 싶어

누구나 기타를 연주할 수 있고,

그래서 그들은 더 이상 무명이 아니지

- 라디오헤드, 〈Anyone Can Play Guitar〉 가사 중

#오늘의티셔츠

섭씨 30도를 웃도는 맹렬한 더위가 기세를 부리는 8월 한낮이었다. 직장 동료들과 점심을 먹으러 가는 길, 회사 앞 건널목을 지나다가 익숙한 이미지가 시야에 들어왔다.

"You used to be alright. What happened?년 괜찮은 녀석이었잖아. 뭔 일이 있었던 거니?" 범상치 않은 문구가 쓰인 티셔츠. 그걸 입은 한 청년이 빠른 걸음으로 내 앞을 걷고 있었다. 손목엔 오메가 시마스터 시계를 차고, 버켄스탁 슬리퍼에 검정 비닐봉투를 무심하게 들고 있었다. 꽤 간결하면서도 스타일리시해 보였다. 만약 그가 든 것이 비닐봉투가 아니라 고야드나 보테가베네타의 클러치이고, 손목에 과한 금속 장신구를 걸치고 있었다면, 난 그 스타일의 완전한 균형이 무너졌을 것이라 생각했다. 어쨌든 그 순간 휴대폰을 들어 그의 뒷모습을 찍었다. 등 뒤에서 누군가의 소심한 파파라치 만행이 있었던 것도 모른 채 그 청년은 곧 시야에서 멀어졌다.

그날, 그 순간의 홀림에는 두 가지 요소가 작용했다.

그 청년의 티셔츠에 적힌 문구는 라디오헤드《In Rainbows》 앨범 첫 번째 수록곡 〈15 Steps〉의 가사였다. 라디오헤드 티셔츠는 고양이 캐릭터나 디스토피아적인 이미지가 대부분이었는데,

가사의 텍스트 배치만으로도 저렇게 쿨해 보이다니. 그래서였을까, 그 청년의 라디오헤드 취향이 나와 비슷하지 않을까 일종의 연대감이 들었다. 게다가 그의 '티셔츠 핏'은 가히 최고였다. 날씬해 보이면서도 탄탄한 체형. 여느 패션과 마찬가지로 티셔츠 룩의 완성 또한 결국 몸이었다. 내용과 핏이 이상적으로 어우러지는, 아쉽지만 나로서는 재현할 수는 없는 장면이었다. 그 후로도 8월 여름의 그 건널목을 지날 때마다 청년이 입었던 라디오헤드 티셔츠가 생각난다. 그때 그에게 꼭 물어봐야 했던 질문 하나.

"혹시, 그 티셔츠, 어디서 살 수 있나요?"

#홀림의티셔츠 #티셔츠의완성은몸

그리고 꽤 오랫동안 이런 물음이 존재했다.

"그 공연 어디서 볼 수 있나요?"

2012년 지산 록페스티벌 전까지만 해도 국내 팬들 사이에서는 라디오헤드가 한국에 오지 않는 이유를 묻는 질문이 곧잘 던져졌고, 그 대답으로 황당하지만 한편으론 그럴듯한 야사野史가 돌고 있었다.

"톰 요크Thom Yorke가 옥스포드 대학 시절에 어떤 한국인 유학생한테 심하게 두들겨 맞았대. 그게 심한 트라우마로 남아서 절대 한국에서 공연하는 일은 없을 거라고 했다네."

당시 세계적 지명도를 가졌던 여타 해외 아티스트들도 대개 마찬가지였다. 일본 공연은 숱하게 하면서도 굳이 한국만 건너뛰는 그 상황에서 라디오헤드의 국내 팬들은 납득이 갈 만한 이유가 필요했고, 톰 요크의 구타 피해설 등과 같은 귀여운 구석은 있으나 실없는 소문, '내년이면 오겠지' 하는 막연한 기대감으로 십수 년을, 이를테면 '버텨온' 것이었다. 열의와 정성이 각별했던 일부 팬들은 아마도 가까운 일본의 후지 록페스티벌이나 영국의 글래스톤베리 페스티벌을 직접 가보기도 했을 것이다.

2003년 몽트뢰 재즈 페스티벌의 공연 일정표가 공개됐을 때, 이렇게 가만히 앉아서 기다리기만 할 수는 없다, 직접 찾아가겠다 하는 오기가 차올랐다. 라디오헤드, 조지 벤슨, 심플리 레드, 사이프레스 힐, ZZ톱, 예스, 밴 모리슨. 쟁쟁한 록과 팝 스타들이 라인업에 들어 있었다. 그러나 예매가 시작되고 얼마 지나지 않아 쟁쟁한 이름들의 공연은 전부 매진되어 버렸다. 나도 나름 빠르게 대처했다고 생각했지만 내 손엔 항공권과 호텔 바우처뿐, 정작 공연 입장권이 없었다.

남은 표들이 뭐가 있을까 훑어보니, '플레이밍 립스Flaming Lips'라는 이름이 눈에 띄었다. '불타는 입술'을 이름으로 내건 밴드라니. 그나마도 몇 분 전까지 매진이었는데, 방금 누군가 예매를 취소한 모양이었다. 나는 그 마지막 티켓을 잡았다.

2003년 7월 8일, 스위스 몽트뢰시 레만호, 이름마저 근사한 마일스 데이비스 홀. 영국의 싱어송라이터 베스 오튼Beth Orton의 무대가 끝나고 드디어 이날의 헤드라이너 플레이밍 립스의 공연이 시작되려는 때였다. 그런데 가만, 장내에 연기가 조금씩 차올랐다. 그간 맡아온 담배 냄새가 아니었다. 어딘가 꼬릿한데, 시간이 지나면서 역해지는 느낌까지 들었다. 옆에 있는 사람에게 물었다.

"이게 무슨 냄새지?"

"대마초잖아, 이 친구야."

이런 식으로 난생처음 마리화나를 경험하게 되는구나 생각할 무렵, 관객들의 아드레날린이 치솟았다. 플레이밍 립스의 등장이었다. 리더이자 보컬, 기타를 맡고 있는 웨인 코인Wayne Coyne이 과장된 무대 매너로《Yoshimi Battles the Pink Robots》의 수록곡들을 내리 연주해 나갔다.

유독 마리화나 연기가 심했던 무대 바로 앞쪽의 관객들은 어느덧 인류를 위협하는 핑크 로봇과 싸우는 요시미가 되어 있었다. 몇 년 뒤 한국에서도 몇 차례 플레이밍 립스의 공연이 있었다. 혹시 직접 본 사람이라면 공연 후반부에 마치 축제의 피날레처럼 꽃가루가 날리고 관객석 여기저기 커다란 풍선이 옮겨 다니는 걸 경험했을 텐데, 그런 환희에 찬 풍경 안에서도 내 신경의 반 이상을 끌어당겼던 것은 단연 마리화나 냄새였다.

공연이 끝나자마자 재빨리 바깥으로 빠져나왔다. 레만호 옆의 한 벤치에 앉아 여름밤 스위스의 습한 공기를 있는 힘껏 빨아들였다. 핑크 로봇, 요시미, 불타는 입술만 남겨두고 나의 머릿속을 맴도는 연기들이 어느 정도 희석되자 다른 행사장인 스트라빈스키 오디토리움 쪽으로 걸어갔다. 예상하고, 기대했듯, 익숙한 음악이 들려왔다. 라디오헤드가 〈Everything In Its Right Place모든 것은 있어야 할 제자리에〉를 연주하고 있었다. 어쩐지 내 처지를 일깨워주는 메시지 같았다.

'그래, 오늘은 비록 저들의 공연을 못 보지만 나중을 꼭 기약하겠어.'

그로부터 10년 가까운 시간이 흐른 2012년. 단독 공연도 아닌 국내 록 페스티벌에 라디오헤드가 떡 하니 헤드라이너로 발표되었다. 도무지 믿기지 않았다.

7월 27일 공연 당일, 지산 리조트의 한낮 온도는 섭씨 35도를 넘었고 해가 지면서 바로 열대야로 돌입했다. 구름과 바람의 쉬어갈 틈조차 없던 무자비한 폭염에도 불구하고 이삼십 대의 젊은 관객들은 페스티벌의 여러 무대를 번갈아 다니며 다양한 팀들의 공연을 풍성하게 즐겼다. 허락된 공간에 텐트촌이 형성됐고, 장화와 슬리퍼, 핫팬츠, 선글라스, 민소매 등의 전형적인 '락페 차림' 관객들이 각종 주류와 먹을거리를 파는 여러 부스를 탐닉하고 있었다. 여기에 단골 페스티벌 장소인 서울 올림픽공원이나 한강 둔치 같은 얌전한 도시 배경을 벗어나 녹음으로 우거진 지산의 낮은 산악 지형은 무언가 야생과 히피스러운 젊음의 분위기를 더했다.

낮부터 시작된 메인 무대는 노이즈가든 출신의 기타리스트 윤병주가 이끄는 로다운30과 스매싱 펌킨스의 기타리스트 제임스 이하James Iha, 관록의 김창완 밴드에 엘비스 코스텔로Elvis Costello까지, 라디오헤드라는 대망의 헤드라이너를 향해 천천히 달려가고 있었다.

나는 'Jisan, Korea, 2012'가 새겨진 라디오헤드의 티셔츠를 입고서 그들을 맞이할 준비를 했다. 2011년에 발표한 여덟 번째 스튜디오 앨범《The King of Limbs》의 아트워크 중 하나인 기괴한 느낌의 나무 이미지가 프린트된 그 빨간 티셔츠는 지금도 아껴 입는 아이템이다.

라디오헤드의 티셔츠는 예의 빈티지한 스타일과 서브컬처풍의 디자인으로 독특한 아우라를 풍기며, 특정 연도의 투어 티셔츠는 이베이에서 수십만 원에 거래된다. 라디오헤드는 'W.A.S.T.E'라는 이름의 공식 머천다이즈 판매 스토어 및 팬 네트워크를 운영하고 있다. 엑서터 칼리지에서 영문학을 공부했던 톰 요크가 미국의 소설가 토마스 핀천의 『제49호 품목의 경매』에서 따온 이름이라 한다. 이 소설의 여주인공은 L.A. 시내 도처에 남겨져 있는 'W.A.S.T.E'라는 수수께끼 같은 단어를 목격하는데, 이는 'We Await Silent Trystero's Empire우리는 조용한 트리스테로의 제국을 기다린다'의 약자로 밝혀진다. '트리스테로'는 미국의 주류 문화를 전복하기 위해 그림자처럼 활동하는 지하 네트워크이다.

톰 요크는 전 세계 라디오헤드 팬들과 가상의 이름으로 만나 커뮤니케이션 했으면 좋겠다는 의도로 이 이름을 붙였다고 한다. 한 벌의 빈티지 티셔츠 안에 그런 '글로벌'하고도 심오한 의미와 '바로 여기'라는 투어의 추억을 함께 담아 놓은 것만 봐도 참으로 라디오헤드적인 소통인 것 같다.

라디오헤드의 지산 공연은 원래 90분 예정이었지만, 밴드와 팬들 간의 엄청난 화학 작용으로 결국 두 시간을 훌쩍 넘겼다. 여느 단독 공연에 준하는 시간이었고, 다시 없을 이벤트는 아닐까 우려하며 아쉽고도 애틋한 시간을 보냈다.

나는 당시 빠져 있던 《In Rainbows》 앨범의 수록곡들이 연주될 때 특히나 더 큰 전율이 일었다. 그동안 CD와 음원으로만 듣던 스튜디오 사운드를 그대로 재현하는 것만으로도 엄청나다고 생각했을 텐데, 처음 접한 라디오헤드의 라이브 연주는 음원의 감동에 '지금 여기'라는 감상을 각주로 더하고 있다는 느낌이었다. 특히 연주 중에도 분주하게 여러 신시사이저와 이펙터를 튜닝하고 전개의 변화를 주는 조니 그린우드와 아무렇지 않은 듯 훌륭하게 기타를 연주하는 톰 요크는 보고 있어도 어쩐지 실제 같지 않았다.

내 앞에는 벨리댄스 동호회가 서 있었는데, 톰 요크의 우울한 팔세토 절창에 맞춰 반짝거리는 벨리댄스 복장을 입고 골반 아래를 열정적으로 돌리고 튕기며 춤을 추고 있어 더욱 현실감이 없었다. 라디오헤드의 음악과 벨리댄스의 조합이라니, 상상이나 해보셨는지?

그리고 《OK Computer》의 인기 곡 〈Karma Police〉가 시작됐다. 셔츠를 풀어헤친 톰 요크를 보며 어떤 젊은 여성팬이 "오 마이 갓!", "왓더 X!" 등의 원색적 감탄사를 내 뱉었고, "유아 소우 섹시!"라고 외치는 소리가 어쿠스틱 기타로 전주를 치고 있는 톰 요크를 향해 산발적으로 날아들었다. 어쩌겠나, 날이면 날마다 오는 기회도 아니고, 간만에 내뱉었을 그런 용기 섞인 탄식에 모두가 자연스레 공감하는 시간이었다. 관객들은 〈Karma Police〉의 가사를 처음부터 끝까지 목이 터져라 따라 불렀다. 폭염의 한가운데, 오랜 기다림과 설렘, 열광으로 달궈진 지산의 떼창 소리가 열대야를 꿰뚫고 있었다.

"This is what you get. This is what you get. When you mess with us
이것이 너의 업보야. 이것이 너의 업보야. 네가 우리와 얽히든 업보란 말이지."

돌이켜보면 이 가사는, 최초였지만 어쩌면 마지막일지도 모르는 라디오헤드의 내한 공연이라는 인연, 혹은 '업보karma'를 관객들 스스로 되뇌는 역설적 풍경을 묘사하는 거나 다름없었다.

공연이 끝난 늦은 밤, 지산 리조트 진입로 주변에 화재 사고가 났다. 집으로 돌아가는 길, 예기치 않은 교통 체증에 시달리며 트위터를 여니 지산 리조트에서 하룻밤을 보내는 라디오헤드 멤버들이 치맥을 즐겼다는 소식과 그 증거 사진 몇 장이 올라와 있었다. 멤버들의 숙소 탁자에 놓여 있던 농협 목우촌의 '또래오래' 치킨과 국산 맥주 캔들. 그래서 '양념 반 후라이드 반' 코리아표 치맥의 기억을 잊지 못해 분명 곧 한국을 다시 찾을지 모르겠다고 생각했다. 한동안 내한 소식은 오리무중이었다. 그러다 2019년 7월 톰 요크의 단독 공연이 잡혀 있다는 한 줄기 빛과 같은 소식이 날아들었다. 그곳이 내가 있어야 할 자리라는 확신이 들었다.

《In Rainbows》

내가 가장 아끼는 라디오헤드의 앨범은 2007년 10월에 발표된 7번째 스튜디오 앨범 《In Rainbows》다. 이 앨범에선 '라디오헤드'라는 유일무이한 브랜드가 쌓아 온 음악적 유산 위에 새로운 세계로 진입하려는 실험의 깊이가 느껴진다. 그런 와중에도 혹여 이질감을 느낄지 모를 사람들을 포용하며 배려한다. 이들이 지속적으로 견지해 온 현대 사회에서의 단절과 고독은 위태롭고 탈출구 없는 잿빛 절벽과 봉우리에 둘러싸인 현대인들의 우울한 심연을 울린다. 라디오헤드 표 단조가 주는 아름다움을 톰 요크는 '유혹의 곡들seduction songs'이라 표현하기도 했다.

이 앨범은 라디오헤드가 메이저 음반사인 EMI와 계약이 만료된 후 자신들만의 유통 방식으로 구매자가 원하는 만큼 가격을 지불하면 된다는 전례 없던 방식으로 출시하여 큰 화제를 모았다. 흥미롭게도 이전 앨범들의 디지털 음원보다 이 단일 앨범이 더 많은 수익을 올렸다.

2008년 그래미상 시상식에서 '최우수 얼터너티브 앨범'을 포함한 2개 부문을 수상했고, 음악 전문지 「롤링스톤」은 "버릴 만한 순간이나, 어디 하나 취약한 곡들이 없다. 그냥 최고의 라디오헤드다"라고 극찬했다.

기타를 들고
어디론가 떠나는 사람

제프 벡, 2010년, 2014년, 2017년 잠실

롤링스톤

80~90년대엔 조 새트리아니나 스티브 바이 같은 속주 기타리스트들이 이름을 떨쳤습니다. 당시 그들에 대해선 어떻게 생각하셨나요?"

제프 벡

한편으로는 기타가 아직도 최고라는 사실이 기뻤습니다.

그들이 기타를 위해 큰 깃발을 날리며 위상을 알렸던 거죠.

전체 그림에서 적어도 신시사이저가 아니라 기타가 단연

돋보였던 것입니다. (웃음) 저는 스티브 바이나 에디 밴 헤일런을 대단히 존경합니다. 훌륭하죠. 그들만의 스타일로 말입니다.

그들이 제 스타일로 넘어오지 않았기 때문에 전 행복했어요.

- 제프 벡, 「롤링스톤」지와의 2018년 5월 인터뷰 중

#오늘의티셔츠

엘리자 수아 뒤사팽이 쓴 『속초에서의 겨울』을 읽고 놀란 적이 있다.
프랑스인 아버지와 한국인 어머니 사이에서 태어난 이십 대의
젊은 소설가는, 내가 속초에 대해 항상 품고 있던 일종의
마른 애수 같은 감정을 어디서도 볼 수 없었던 하드보일드의
필치로 그려내고 있었다.
나는 언제부턴가 12월이 되면 한 해를 정리하는 마음으로
동해안을 찾는다.
"강원도에서 군 생활을 보내 놓고 지겹지도 않냐?"
친구들은 의아하게 생각하지만, 나는 양양과 속초, 고성의 바다를
늘 그린다. 뒤편에 병풍처럼 자리 잡은 설악이 서쪽에서 오는 세파를
막아 주는 동안, 깊고 푸른 동쪽의 바다에 내 찌든 마음을 풀어놓는다.
작년엔 양양의 겨울 해변을 찾았다. 한 해의 피날레는 해외 구매를 통해
손에 넣은 제프 벡의 스웨트셔츠와 함께였다. 이른 아침, 그 셔츠 위에
다운 점퍼를 걸치고 숙소 앞 해변에 나섰다. 영하의 추운 바닷가,
60년 넘은 연주로 잔근육이 자리 잡은 제프 벡의 마른 팔뚝과
그 위에 찬 은빛 금속 뱅글, 크림색 펜더, 두터운 헤드폰 가득한
그의 음악. 실로 완벽한 조합이었다.
산책을 마치고 돌아가는 길, 숙소 앞 주차장에 세워진

한 큼직한 SUV 뒤창에 붙은 스티커가 눈에 들어왔다.

흔하디흔한 문구였으나 그 겨울엔 남다른 무게감으로 다가왔다.

Keep Calm & Carry On.

평정심을 유지하고 하던 일을 계속하라.

#겨울속초의제프벡 #하던일을계속하라

한때 이 땅에서 영미권 팝 음악을 최일선에서 접할 수 있는 남다른 채널이 있었다. 분단의 역사로 생겨난 AFKN, 주한 미군 방송이다. TV와 FM 라디오를 송출하던 80~90년대 그 채널에선 미국 대중음악과 영화, 드라마 등의 연예 프로그램과 함께 메이저리그 야구와 NBA 농구 같은 스포츠 경기를 거의 실시간으로 중계해 주었다.

AFKN은 1966년 맺은 한미행정협정에 따라 대한민국 정부가 통제할 수 없었기에 군사 정권의 통제를 받는 국내 언론이 보도할 수 없는 뉴스들도 자유롭게 방송에 내보낼 수 있었다. 그래서 역설적으로 미군 방송은 문화나 대중오락 분야뿐만 아니라, 민주화 요구가 절실하던 시절 독재 정권이 검열할 수 없는 뉴스를 접할 수 있는 유일한 창구였다.

다른 한편 미주와 유럽 지역에서 최고의 음악 방송 채널로 급부상했던 MTV의 수혜를 전혀 받지 못하던 젊은 국내 팝 팬들에게 주류 음악을 실시간으로 전해 주는 유일한 채널이기도 했다. 'Eagle FM'으로 불리던 AFKN 라디오에서는 '멘트 반 음악 반'으로 진행되는 국내 라디오 프로와 달리 다양한 장르, 시대 불문의 음악이 언제나 흐르고 있었다. 특히 주말 밤엔 당시 재즈 색소폰 연주자로 유명했던 데이비드 샌본David Sanborn이 DJ를 맡아 때깔 나는 목소리로 재즈 음악을 틀어줬는데, 그게 유난히 기억에 남는다.

1985년의 어느 토요일 오후. 나는 케이시 케이젬Casey Kasem이라는 인기 DJ가 진행하는 「아메리칸 톱 40」를 보고 있었다. 이 프로그램은 매주 40위권 내에서 주목할 만한 곡들을 선별해 뮤직비디오를 보여줬는데, 마이클 잭슨, 프린스, 컬처 클럽, 듀란듀란, 펫 샵 보이스, 마돈나 등 시대를 주름잡던 팝 스타들이 주 레퍼토리였다.

그런데 그날은 좀 달랐다. 세피아 톤 영상 속에 위아래 데님을 입은 로드 스튜어트Rod Stewart에 이어 기차 화물칸에 앉아 어딘가로 가고 있는 기타리스트가 등장했다. 이어지는 일렉트릭 기타 연주. 그 전까지만 해도 내게 기타 연주는 보컬을 받쳐주는 반주에 불과했다. 그 연주는 확실히 달랐다. 진과 빈티지한 민소매 셔츠를 입은 그 긴 머리 연주자의 도입부 연주 뒤에 로드 스튜어트의 허스키한 보컬이 나오고, 둘이서 주거니 받거니 대화하듯 노래를 끌어갔다. 로드 스튜어트는 호소하듯 절창했고 기타리스트는 다양한 구성의 솔로를 연주했다. 그가 쥐고 연주했던 펜더 기타는 어쩐지 그의 신체 일부 같았다.

그렇게 제프 벡을 만났다. 그 노래는 미국의 소울 가수 겸 배우 커티스 메이필드Curtis Mayfield의 〈People Get Ready〉를 리메이크한 곡이었다. 나는 당장 레코드숍으로 달려가 그 곡이 담긴 앨범 《Flash》 LP를 샀다. 다가올 한 주의 용돈이 그렇게 탕진되었고, 그것은 록의 세계로 첫발을 내딛는 소정의 입장료였다.

기타. 전자 기타. 여섯 개의 현을 받쳐주는 나무 막대와 코드라는 우주를 위해 박힌 쇠 구분자, 매끈한 유선형의 몸통, 그 한가운데 자리 잡은 픽업이라는 CPU와 사운드에 섬세한 왜곡을 주기 위한 비브라토 암. 그 하드웨어가 확성기와 수많은 종류의 사운드 효과 장치인 이펙터를 만나 만인만색의 소리를 만들어 내며 거의 모든 장르의 음악을 받쳐주거나 진두지휘한다. 기타는 십 대의 나에게 희로애락의 오케스트라였고, 기타의 변화무쌍한 리프와 속주를 앞세웠던 80년대의 헤비메탈 음악은 현실이라는 복잡한 미로 속에 갇힌 내게 다른 세상으로의 탈출구가 되어 주었다.

보통 헤비메탈에 입문했던 친구들은 블랙사바스, 오지 오스본, 디오, 주다스 프리스트, 반 헤일런, AC/DC, 아이언 메이든, 메탈리카 같은 슈퍼 밴드들의 공격적인 이미지와 현란하고 박진감 넘치는 사운드에서 자신의 얼터 에고alter-ego와 든든한 연대의 피난처를 찾았다. 그러나 나를 록의 세계로 이끈 것은 헤비메탈 밴드가 아니라 제프 벡이었다. 감각적이면서도 중후한 리프와 솔로를 연주하는 실력도 발군이었지만, 무엇보다 그가 풍겼던 아우라가 나를 사로잡았다. 묵묵한 모습에선 수행자 같은 분위기가 풍겼고, 기타를 쥐고 고개를 숙일 땐 '이제부터 나는 기타로만 이야기하겠다'는 무언의 메시지가 전해지는 것 같았다. 그러나 헤비메탈 음악을 듣건, 제프 벡을 듣건, 결국 그들 음악의 원류인 전 세대, 즉 70년대, 멀게는 60년대의 레드 제플린, 딥 퍼플, 야드버즈와, 크림, 핑크 플로이드, 지미 헨드릭스 같은 음악을 듣게 되고 그 탐색과 탐닉의 여정은 어김없이 하나의 뿌리에서 만나게 되었다. 블루스와 전자 기타.

본명 제프리 아놀드 벡Geoffrey Arnold Beck. 1944년생으로 이제 칠십 대 후반의 나이. 지미 페이지, 에릭 클랩튼과 함께 70년대의 록을 대표하는 기타리스트. 호사가들 사이에서는 이들을 1970년대를 풍미한 '세계 3대 기타리스트'로 꼽기도 한다. 에릭 클랩튼에 이어 영국의 대표적인 록 그룹 야드버즈의 기타리스트로 활약했고, 야드버즈를 탈퇴한 후에는 제프 벡 그룹Jeff Beck Group과 벡 보거트 앤 어피스Beck, Bogert & Appice를 결성해 활동했다. 1975년《Blow by Blow》앨범을 발표한 후부터 지금까지 솔로 뮤지션으로 활동 중이다. 야드버즈의 멤버로서 그리고 솔로 아티스트로서 두 번이나 '로큰롤 명예의 전당'에 올랐고, 일곱 차례 그래미상을 받았다. 장르에 얽매이지 않는 다양한 연주 기법으로 존경받는 "기타리스트들의 기타리스트"로 불리기도 한다. 동질감과 존경심을 고루 투사할 수 있는 일종의 롤 모델로서 사랑받고 있는 것이다. 그래서 그의 공연에는 익히 잘 알려진 뮤지션이나 음악 산업 관계자들, 평론가들을 심심찮게 볼 수 있다.

제프 벡은 지금까지 세 차례의 내한 공연을 가졌다. 2010년, 2014년, 2017년. 세 차례 공연 모두 올림픽 홀에서 개최됐고, 나는 그 모든 시간을 함께했다. 2010년 3월의 첫 번째 내한 공연에서 직접 마주한 그의 모습은 그동안 머릿속으로만 그려 오던 이미지 그대로였다. 무뚝뚝하고 고집 센. 살가운 인사말이나 별다른 멘트 없이 두 시간이 넘는 시간 동안 묵묵히 과업을 수행했다. 몇 번인가 팔을 붕붕 돌리고 기타 넥을 휘젓기도 했지만, 그게 다였다. 과장된 쇼맨십 따위는 전혀 없었다.

돌이켜보면 그는 최선의 공연 레퍼토리로 한국 관객과의 첫 만남을 기념했던 것 같다. 〈Led Boots〉, 〈Brush with the Blues〉, 대망의 〈People Get Ready〉 등 80, 90년대 히트곡들을 비롯하여, 그해 막 발표한 《Emotion & Commotion》 앨범의 주요 곡들과 〈How High the Moon〉이나 〈I Want to Take You Higher〉, 〈A Day in the Life〉 등 평소 즐겨 연주하는 커버 곡까지 종합 선물 세트 같은 구성이었다. 세션으로 참여한 약관의 베이시스트 탈 윌켄펠드Tal Wilkenfeld가 현란한 연주로 제프 벡의 리드를 받쳐주는 모습에 관객들이 열광적으로 소리 지르던 기억도 생생하다. 제프 벡 최초의 내한 공연이라는 소중한 기회를 쉽게 마무리 짓고 싶지 않았던 관객들은 두 차례나 커튼콜을 외쳤고, 그는 국내 팬들이 간절하게 듣고 싶어 했던 〈Cause We've Ended As Lovers〉를 끝으로 무대를 떠났다. 스티비 원더가 써준 곡을 자신의 해석으로 연주하여 기타리스트 로이 부캐넌Roy Buchanan에게 헌정한 이 곡은 아마 국내 팬들이 가장 사랑하는 곡이 아닐까 싶다. 그는 대미를 장식할 곡으로 이 곡을 선택한 것 같았고, 나지막한 흐느낌 같은 첫 음이 흘러나왔을 때 관객들은 일제히 탄식했다.

그로부터 4년이 지난 2014년 4월 27일. 세월호의 비극이 일어난 지 열흘도 채 되지 않았던 시점이었다. 수개월 전 기획된 공연이라 취소되지는 않았지만, 관객뿐 아니라 연주하는 입장에서도 마음은 무거울 수밖에 없었다. 공연은 시종일관 차분한 분위기에서 진행되었다. 그는 상의에 노란색 리본을 매달고 무대에 올라 별다른 인사 없이 세 곡 정도를 내리 연주했다. 지미 헨드릭스의 곡 〈Little Wings〉 연주가 끝나자 그는 마이크를 잡고 세월호 희생자들과 가족들, 그리고 대한민국 국민들에게 추도와 위로의 마음을 전했다. 우리의 비극이 공연을 준비할 때부터 그의 마음을 붙잡고 있었던 듯했다.

본격적으로 블루스와 재즈 록, 로커빌리, 하드 록의 레퍼토리가 이어졌다. 〈People Get Ready〉, 〈Angel〉, 찰스 밍거스Charles Mingus의 〈Goodbye Pork Pie Hat〉을 지나, 〈아리랑〉과 〈Danny Boy〉. 그는 여전히 묵묵했으며, 관객들은 어김없이 커튼콜을 외쳤고, 모두가 예상하고 기대했던 〈Cause We've Ended As Lovers〉를 연주했다. 수백 번을 들어도 매번 미세하게 다른 느낌으로 다가오는 이 곡은 그날 그 시간, 나지막한 흐느낌으로 시작하여 곧 격정으로 이어졌다. 아마도 당시 관객들 마음에는 곡의 감동과 비극에 대한 고통의 자각이 공존했던 엔딩이었을 것이다.

다시 3년이 지나 2017년 정초. 제프 벡은 이전 공연보다 생기 있어 보였다. 영국의 여성 록 그룹 '본스Bones Uk'와 함께 작업한 앨범 《Loud Hailer》의 월드 투어로, 카랑카랑한 음색에 당찬 무대 매너의 보컬리스트 로지 본스Rosie Bones와 에너지 넘치는 무대를 연출했다.

그의 팔뚝과 손목에 끼워진 한 쌍의 금속 뱅글은 생기 있게 흔들렸고,

외모와 분위기에서도 노회한 기운이 전혀 느껴지지 않았다. 이날 그는 〈Cause We've Ended As Lovers〉를 엔딩이나 후반부가 아닌 중반부에 배치했다. 혹여 자신의 감각이 바뀐 시대를 따라가지 못한다고 생각하는 이가 있진 않나 고민한 건 아닐까 싶게, 물리적 나이에 빨려 들지 않기 위해 부단히 잰걸음을 걷고 있다는 인상이었다.

비틀스의 〈A Day in the Life〉를 앙코르 곡으로 들려준 후 '이것이 여러분들에게 내가 해 줄 수 있는 마지막 봉사였습니다' 같은 표정을 지으며 가장 먼저 무대를 내려갔다. 그게 서운하지만은 않았다. 생각해 보니 그가 월드 투어를 다닐 수 있는 시간이 많지 않은 것 같았다. 뭐랄까, 여전히 쌩쌩한 감각으로 당대를 뚫고 나아가는 노장이 의연하게 자리에서 내려오는 모습을 목격한 것 같았다.

지난 십 년간 이어졌던 그의 내한 공연에서 딱 하나 아쉬웠던 점은 티셔츠를 팔지 않았다는 것이다. 그 어떤 뮤지션보다 간절하게 바라던 그의 티셔츠였건만. 연주 외에는 어떤 사사로운 것도 신경 쓰지 않겠다는 듯한 그의 직설적인 태도가 떠오르지만, 신기하게도 공연이 있던 당일에는 기념품 부스가 없던 예외적인 광경을 전혀 이상하게 여기지 않았다. 공연 현장에서 구할 수 없었던 티셔츠는 그의 공식사이트에서 어렵지 않게 구입할 수 있었다.

그는 솔로 록 뮤지션 자격으로 2009년 '로큰롤 명예의 전당'에 헌액되었다. 열세 살 때부터 친구로 지내왔던 지미 페이지가 예의 사람 좋은 미소를 지으며 막역한 벗들만이 할 수 있는 절제된 표현으로 "나의 친구 제프 벡"을 소개했다. 언뜻 짐작되는 것처럼 제프 벡은 눌변이 아니다. 평소 그는 말을 아낄 뿐, 시작하면 전형적인 영국식 유머와 냉소가 쏟아진다.

"나는 평생 동안 버릇없게 굴어왔습니다. 이런 걸 받을 자격이 전혀 안 됩니다. 하지만 난 앞으로도 계속 버릇없게 굴 생각입니다."

그가 퇴장하고 난 단상에는 명예의 전당 수상 트로피가 덩그러니 놓여 있었다.

《Emotion & Commotion》

2010년에 발표된 제프 벡의 열 번째 스튜디오 앨범이다.

그의 숱한 걸작들 중에서도 이 앨범이 내게 조금 더 특별한 것은 이전 앨범과 조금 다른 전개 때문이다. 그는 보통 정공으로, 담백하게 시작하여 다양한 사운드를 시도하며 끝을 맺었다. 그러나 이 앨범에는 소리의 실험이 아니라 드라마가 있다. 서정적인 첫 곡 〈Corpus Christi〉에 이어 장중한 심포니 〈Hammerhead〉, 〈Never Alone〉과 익숙한 명곡 〈Over the Rainbow〉가 마치 한 쌍처럼 흘러나온다.

언젠가부터 즐겨 시도해 온 여성 보컬리스트와의 협업이 다섯 곡이나 되는데, 재니스 조플린의 카랑카랑함을 닮은 소울 가수 조스 스톤Joss Stone, 영국의 오페라 가수 올리비아 세이프Olivia Safe, 요염한 음색의 이멜다 메이 Imelda May가 참여했다. 완결은 푸치니의 오페라 《투란도트》 중 〈공주는 잠 못 이루고〉다. 그의 여느 앨범에선 찾아볼 수 없는, 서사와 서정성이 결합된 작품이다.

우린 결코
지루하지 않기에
펫 샵 보이스, 2010년 지산과 2013년 잠실

우린 결코 지루하지 않았기 때문이야

우리 자신에게 몰두하느라 지루할 틈이 없었어

우린 결코 지루해하지 않았지

우린 옷을 차려입고 다퉜어

그리고 생각했지 '화해하자'고

우린 과거에 매달리거나

시간이 흘러 모든 게 끝날 거라 걱정하진 않았어

돌이켜보면 우린 언제나

서로 의지할 수 있는 친구이길 원했지

- 펫 샵 보이스, 〈Being Boring〉 가사 중

#오늘의티셔츠

티셔츠는 모름지기 핏이 중요하다.

그리고 편하자고 입는 옷이다.

이 두 가지 명제를 받쳐주는 것은 내구성이다. 티셔츠의 세계,

결코 만만치 않다.

마음에 드는 디자인의 티셔츠를 만나 반가웠는데, 정작 맞는

사이즈가 없는 경우도 다반사다. '굳이 탈의실까지 가서 입어 볼 필요야

있겠어?'라고 생각하며 집으로 돌아와 입어 보니 품은 맞는데 기장이

지나치게 길어 거의 원피스 수준인 경우도 있었고, 기장과 어깨는 맞는데

품이 적어 상반신의 군살이 여지없이 드러나 좌절하는 경우도 있었다.

딱 한 번 입고 세탁했는데 목 부분이 늘어져 크루넥이 브이넥이 되는

마술이나, 라지 사이즈가 미디움이나 스몰 사이즈로 줄어드는 기적도

흔하다. 핏에 실패한 경험이 주는 교훈은 간단하다. 그저 표시된

사이즈만 볼 것이 아니라 반드시 펼쳐 보고, 입어 보라. 내구성은, 좀 더

내공이 필요하다. 대개는 알려진 브랜드의 제품이 좋고, 저렴한 것보단

조금 비싼 것이 실패할 확률이 적다. 그러나 이는 시쳇말로 '케바케'다.

단돈 몇천 원 주고 샀지만 수년 넘게 입는 경우가 있고, 비싸게 주고

샀는데 한 번의 세탁으로 운명을 달리하기도 한다. 참으로 까탈스러운

티셔츠의 세계다.

"사내자식이 고놈의 티셔츠 쪼가리 갖고 고민하긴!"이라고 투덜대는 내 안의 쾌남, 쿨가이의 통 큰 무심함을 따르고 싶지만, 나는 오늘도 해외 온라인 쇼핑으로 구매했으나 사이즈 짐작에 실패한 티셔츠 몇 장을 들고 동네 세탁소로 간다. 조금만 더 밑으로 당기면 원피스 룩 연출이 가능한 펫 샵 보이스의 티셔츠를 수선하러 가는 길이다. 단골 세탁소 아주머니는 오늘도 한 벌에 5천 원을 부르고, 나는 3천 원에 맞춰 달라며 '네고'를 한다. 그런 생짜가 어딨냐고?

지금껏 그랬듯 이런 티셔츠 수선 작업은 계속 이어질 테니까 말이죠.

#티셔츠는핏이야 #맞춤을위한네고

풍요와 번영, 모던, 단절, 반항, 재즈의 시대, 1920년대.

그 시대의 메아리는 헤밍웨이, 스콧 피츠제럴드에게서 온다고 생각했다. 젤다를 알기 전까지는.

"그녀는 머리를 단발로 잘랐다. 그러곤 애써 고른 귀걸이 한 쌍을 끼고, 매우 용감하게 입술에 루즈를 바른 후 마치 전쟁터에라도 나가듯 외출했다. 그녀는 남자들에게 추파를 던졌다. 그것이 즐거움이기 때문이었다. 그녀는 얼굴에 분을 바르고 화장을 했다. 굳이 필요 없었지만. 그리고 그녀는 주로 자신이 지루하지 않았기 때문에 지루함을 거부했다. 그녀는 자신이 했던 것들이 (결국) 그녀가 늘 원했던 것들이었다는 점을 알고 있었다."*

　루즈는 여자가 남자를 선택하겠다는 의지의 표현이었다. 대개 스콧 피츠제럴드의 아내로 알려져 있지만, 젤다는 여성에게 강요된 온갖 억압과 숙녀상을 거부하고 1920년대의 예술과 문화, 패션에서 두각을 나타낸 작가이자 신여성을 일컫는 '플래퍼'의 상징이었다.

　펫 샵 보이스의 닐 테넌트Neil Tennant는 이십 대 시절 어느 파티의 초청장에 인용된 젤다의 글을 두고두고 기억했다. "그녀는 주로 자신이 지루하지 않았기 때문에 지루함을 거부했다." 나는 닐이 영감을 얻었다는 이 문장을 이해하려 해 봤지만, 쉽게 와닿지는 않았다. 그러다 시간이 한참 흘러 2010년 그들의 내한 공연 소식이 알려졌을 때 이 문장이 다시 떠올랐다. 역시나 완전히 이해했다고 하긴 힘들었으나 나의 십 대, 이십 대를 떠올려봄으로써 어렴풋 그 감성에 다가간 듯했다.

　그 시절 나 또한 '지루하다'는 개념에 익숙지 않았다. 간혹 지루할 순 있었지만, 과연 내 삶에는 무엇이 올까 미지의 가능성에 설레기도 하고 불확실성이 주는 긴장감에 압도되며 자주 지루하지는 않았다. 젤다에게서 받은 영감으로 만들었다는 노래 〈Being Boring〉은 그래서 그 시절 나에 대한 일종의 송가라고 생각했다. 어린 시절 삶의 단편, 지루함에 대한 본능적인 무

---

* 「플래퍼에 대한 찬가」, 젤다 사이어 피츠제럴드, 1922.

지와 훗날의 자각. 이러한 것들이 지극히 세련된 사운드에 실려 다가왔던 것이다. 어느덧 '지루하다'는 개념에 찌들어 한 주를 달려왔던 어느 금요일 퇴근길, 나는 그 송가를 들으며 지루함을 벗고 넥타이를 풀었다. 그리고 핏이 어긋난 펫 샵 보이스의 티셔츠를 입었다. 지루해지지 않겠다는 의지의 표현이었다.

보컬 닐 테넌트와 프로듀서 크리스 로우Chris Lowe, 영국의 2인조 신스팝 듀오 펫 샵 보이스. 흔히 줄여서 'PSB'. 1981년에 결성돼 11장의 스튜디오 앨범과 숱한 리믹스 앨범을 냈으며 단독 월드 투어만 십여 차례 가졌다. 하지만 그들은 거장이 아니라 2016년에 발표한《Super》앨범의 대표 싱글곡 제목처럼 〈The Pop Kids〉로 살고 있다. 여러 세대를 관통해 왔지만 이들이 보여줬던 행보엔 결코 무뎌지지 않은 감각, 모던함이 있었다.

주변 사람들과 모던함에 관해 이야기해 보니 "유행에 맞는", "새롭고 신선하지만 낯설지는 않은", 드물게는 "심플하고, 군더더기 때문에 촌스럽지 않은"이라는 의미로 받아들여지고 있었다. 대략 '도회적, 현대적, 첨단의, 앞선, 세련된' 등의 의미로 통하는 것 같았다.

'모던함'과 대조적인 의미에서 '클래식'이라는 표현이 있다. '고전적, 오래된, 정통의' 혹은 '진부한'. 그럼에도 모던과 클래식은 서로 단절되거나 상반된 것이 아닌, 순환의 관계로 인식돼 왔다. 한때의 모던함이 시효가 다하면 그중 일부가 클래식의 범주에 들어가고, 또다시 한 세대가 흘러 클래식에서 끄집어낸 단어 하나가 모던이 되는. 사람마다 '모던함'의 시효를 정하는 기준은 다르더라도 공통적으로 그 시효가 몇 세대에 걸쳐 유지되는 경우가 있었다. 단순한 음악인이 아닌 아티스트. 단연 펫 샵 보이스 같은.

PSB와의 첫 만남은 〈West End Girls〉였다. 어린 귀에도 모던 토킹이나 조이, 런던 보이스 등의 '뽕기' 가득한 유로댄스 음악들과는 확연하게 구분되는, 섬세하고 세련된 느낌이 있었다. 당시 이른바 '뉴웨이브'를 주도했던 하워드 존스Howard Jones, 티어스 포 피어스Tears for Fears, 뉴 오더New Order 같이 도회적이었고, 비주얼을 중시했으며, 한편으로는 양성적인 코드를 가지고 있었다.

십 대 시절, 일주일마다 갱신되는 나와 친구들의 음악 복음서 '빌보드 핫 100' 차트에는 영국 뮤지션들의 이름이 곳곳에 박혀 있었다. 대한민국의 십 대들에게 '영국의 침공British Invasion'이 진행되던 시절이었다. 마이클 잭슨과 마돈나, 신디 로퍼, 프린스 등이 대표했던 미국 팝이 누구나 듣는 글로벌 스탠다드였다면, 영국의 뉴 웨이브 음악은 '도시'와 '감각'이란 코드로 무장한, 뭘 좀 아는 멋쟁이들끼리 듣는 힙스터 음악이었다. 그것도 컬처 클럽이나 듀란듀란, 유리스믹스처럼 인기차트 상위권의 팀들보다는 디페치 모드나 이레이저, 뉴 오더, 톰슨 트윈스 같이 좀 더 찾아 들어가야 알 수 있는 팀들일수록 감상의 넓은 폭과 지식을 자랑하는 수단이 되었다.

그런데 펫 샵 보이스는 여기서도 차별화되었다. 대중적인 지명도도 있었고, 음악도 지적인 욕구와 허영을 충족시켜 주기에 충분했다. 보컬 닐 테넌트의 가느다란 하이 톤은 오래 지속돼도 불안한 기색이 없었다. 그래서 자만심에 차 있었고, 무엇보다 지루하지 않았다.

너무 많은 그림자들과 속삭이는 목소리들

포스터에 걸려 있는 얼굴들과 너무 많은 선택들

언제, 왜, 무엇을, 어떻게 얻었나

당신은 그것을 얻었는가?

얻었다면 얼마나 자주?

강한 것과 부드러운 것,

당신은 어느 것을 선택할 것인가?

- 펫 샵 보이스, 〈West End Girls〉 중에서

댄스곡에 이런 의미심장한 가사라니. 당시엔 몰랐지만 사춘기 소년에게 던지는 미래 취향에 대한 화두였다. 영국의 음악 잡지 「NME」는 펫 샵 보이스의 80년대 초기 시절을 일컬어 "댄스 음악에 실은 시Poetry with dance music"라고 했다. 닐 테넌트는 "우리의 음악 정신은 이전의 댄스 음악들에는 들어 있지 않은, 다른 종류의 음악 요소를 가미하는 것이었다. 밥 딜런에게서나 들을 수 있었던 시적인 가사 같은"이라고 밝혔는데, 데뷔 시절부터 지극히 대중적인 댄스 음악에 T.S.엘리엇과 셰익스피어를 인용하는 등 예술적 포부가 남달랐다.

1986년에 낸 데뷔 앨범 《Please》부터 《Actually》, 《Introspective》, 《Behaviour》까지 80년대를 관통하며 내놓은 모든 앨범들이 골고루 대중

적인 인기와 평단의 호평을 받아왔다. 〈West End Girls〉에서 시작해 대망의 〈Being Boring〉에 이르는 초기 히트곡들은 지금까지도 시적 감성과 세련된 멜로디를 뿜어내고 있다. 바람소리 같은 신시사이저 도입부에 전개부 요소마다 우아하게 쓸어주는 하프, 코러스, 쟁글거리는 기타. 수많은 히트곡들이 있고, 예술적 시도는 여전히 현재 진행형이지만, 〈Being Boring〉을 뛰어넘는 곡은 아마도 다시 나오기 어려울 것 같다. 이 곡의 위대함은 사실 곡 자체보다 한 아티스트가 그 당시에만 유효했던 정신과 감성으로 만들어 낸 일종의 '스완 송Swan Song'이라는 데 있다.

펫 샵 보이스와 국내 팬들의 만남은 2010년이 되어서야 성사되었다. 두 번째 지산 밸리록페스티벌은 엔터테인먼트 사업을 공격적으로 전개하려던 CJ그룹이 주최를 맡았다. 그게 이유였는지 섭외된 팀들의 면모가 꽤 탄탄했다. 물론 인접한 시기에 일본에서 개최된 후지 록페스티벌에 초청된 팀들과의 일정 조율 또한 중요했겠지만. 펫 샵 보이스를 비롯해, 매시브 어택Massive Attack, 벨 앤드 세바스찬Belle and Sebastian, 뱀파이어 위크엔드Vampire Weekend, 뮤즈가 3일간의 페스티벌 라인업에 이름을 올리고 있었다.

펫 샵 보이스는 국내 팬들의 오랜 기다림에 각별한 즐거움과 감동으로 보답했다. 무대에 쌓아 놓은 커다란 흰색 종이 상자들은 그들이 공들인 영상과 그래픽을 투사하는 이동 스크린이 되어 곡마다 역동적인 연출을 보여주었다. 그 어느 무대에서도 경험하지 못했던 창의성이었다. 그간 펫 샵 보이스는 월드 투어 무대 효과와 영상을 위해 영화감독 데릭 저먼, 샘 테일러 우드 등과 작업했고, 무대 디자인은 세계적 건축가 자하 하디드와 작업하기도 했다. 우리에겐 동대문 디자인 플라자의 디자인으로 잘 알려진 바로 그 건축가 말이다.

특정 아티스트만의 고유한 스타일을 보여주기 힘든 페스티벌 무대였음에도 불구하고, 배치와 이동이 쉽고 재활용이 가능한 무대 장치에 요소마다 포인트 영상 그래픽을 활용하고, 네 명의 댄서들의 변화무쌍한 안무와 의상 연출로 특정한 테마가 있는 단독 공연을 만들어 냈다. 남다른 열정으로 뮤지션들을 대접하는 한국 관객들답게 공연 내내 제자리에서 뛰어올랐고, 모든 곡의 코러스를 따라 불렀으며, 그때그때 트윗을 날렸다. 한 관객이 들고 흔들던 플래카드가 기억난다.

"We Were Never Being Boring. We Had Too Happy Time To Wait for Pet Shop Boys우리는 결코 지루하지 않았어요. 펫 샵 보이스를 기다리는 건 큰 행복의 시간이었습니다."

펫 샵 보이스 역시 크게 감동한 듯했다. 닐은 틈 날 때마다 미리 익혀 온 "감사합니다, 코리아!"를 외쳤다. 이들이 열여덟 곡을 들려주는 동안 닐의 보컬은 처음부터 끝까지 톤 하나 바뀌지 않았고, 파인애플 모양의 모자를 쓴 크리스는 DJ박스에서 쉼 없이 신시사이저를 연주했다. 관객들이 어떤 곡을 기다리고 있는지 잘 알고 있다는 것처럼, 이심전심의 공연은 앙코르 두 곡으로 이어졌다. 〈Being Boring〉, 〈West End Girls〉. 떼창에 어울리는 곡이 아니었음에도 관객들은 〈Being Boring〉의 코러스를 큰 소리로 따라 불렀다. 〈West End Girls〉를 부를 때 닐은 자신의 모니터링 이어폰을 빼고서 관객들과 처음부터 끝까지 함께 불렀다.

그리고 그로부터 3년이 지난 '슈퍼소닉Super Sonic 2013'.

이 공연은 일본의 '섬머소닉' 페스티벌과 제휴한 이벤트성 페스티벌로 조금은 뜬금없는 공연이었지만, 펫 샵 보이스, 조용필과 위대한 탄생, 어스 윈드 앤드 파이어Earth, Wind & Fire, 존 레전드로 구성된 희대의 라인업이었다.

이번에도 단독 공연은 아니었지만, 대한민국의 팬들과 어떻게든 직접적인 만남은 이어가게 되었다. 올림픽체조경기장은 금세 커다란 클럽이 되었다. 본 공연은 스무 곡으로 채워졌고, 앙코르로 두 곡이 더해졌다. 〈West End Girls〉와 당시의 최신 앨범 《Electric》의 마지막 곡 〈Vocal〉.

2015년에는 전혀 예상치 못했던 무대에 등장해 놀라움을 주었다. Mnet이 주최하는 아시아 음악축제 MAMA 시상식에 아이돌 그룹 에프엑스와 컬래버레이션 공연을 한 것이다. 닐 테넌트와 함께 〈What Have I Done to Deserve This〉와 〈Vocal〉을 부르는 크리스탈과 앰버의 모습이 꽤 잘 어울렸다.

두 차례의 내한 공연에서 펫 샵 보이스를 기념할 만한 티셔츠를 사지 못했다. 페스티벌 기획자들이 적어도 헤드라이너에게 굿즈를 요청하는 일이 무리였던 걸까? 관객 수와 매출, 수익에만 초점을 맞춘 운영이 지속되고 있는 까닭에 티셔츠와 굿즈 등 관객을 배려하는 디테일을 갖춘 공연은 정말 드물다.

이후 그들의 월드 투어에 대한민국은 들어가 있지 않았다. 2019년 'Super' 투어의 일본 공연을 보러 갈까 생각도 해봤지만, 아무래도 '여기'가 아닌 게 아쉬웠다. 펫 샵 보이스뿐만 아니라 지명도 높은 아티스트들의 월드 투어에서 대한민국이 계속 제외되고 있다. 흥행 규모만 신경 쓰지 말고 운영의 내실, 시장 투자 관점에서 아티스트들을 전략적으로 설득하면 좋겠는데, 기획사들의 시각은 변하지 않고 있다.

가장 보증된 티셔츠 구매 루트는 역시 뮤지션의 홈페이지다. 그러나 스토어를 찾아본 이들은 금세 실망하게 된다. 가장 많이 찾는 M, L, XL 사이즈의 티셔츠는 늘 품절 상태기 때문이다. 나는 대신 지금은 기억나지 않는 경로로 2009년의 'Pandemonium' 투어 티셔츠를 구입했고, 지금도 즐겨 입는다. 국내의 대표적 SPA 브랜드 탑 텐에서 몇 시즌 동안 저렴한 가격에 내놓은 뮤직 티셔츠에 펫 샵 보이스도 포함돼 있었지만, 큼지막하게 프린트된 미노타우로스의 뿔 달린 해골 이미지가 어쩐지 그로테스크해 보여 선뜻 손이 가질 않았다.

이미 환갑을 훌쩍 넘은 나이에도 불구하고, 이들에겐 은퇴라는 단어가 당분간은 현실화될 것 같지 않다. 독일의 ZDF 방송과의 인터뷰에서 "다음 몇 년 동안 팬들은 당신들이 은퇴하지 않을 것이라고 확신할 수 있을까요"라는 물음에 닐은 "적어도 다음 앨범을 내기 전까지는 아닐 것 같네요"라고 대답했다. 닐 테넌트는 몸에 딱 붙는 트러커 스타일의 진 재킷을 입고 하이 톤의 목소리를 유지하고 있었고, 닐보다 일곱 살이 어리지만 근래 부쩍 주름살이 늘어난 크리스 로우는 선글라스를 끼고 디스퀘어드2의 검정색 후드 티셔츠에 볼캡을 쓰고 있었다. 영락없는 팝 키드의 모습이었다. 이들의 곡 제목 그대로 그들은 나에게 '긍정적인 롤 모델Positive Role Model'로서 손색이 없었다. 특히나 핏에 있어선.

《Concrete》

2006년에 발표된 펫 샵 보이스의 열일곱 번째 앨범이자, 라이브 앨범이다. BBC 라디오가 주최한 「Sold on Song」이라는 프로그램을 레코딩한 것으로, 공연이 열린 런던의 머메이드 극장에 PSB의 홈페이지와 BBC를 통해 동시에 신청한 이들 중에서 선정된 600명의 관객이 참석했다.

그동안 발표했던 펫 샵 보이스의 다른 라이브 앨범들과는 달리 오케스트라BBC Concert Ochestra와의 협연으로 사운드에 풍성함과 윤기가 더해졌고, 닐 테넌트의 현장 곡 코멘터리가 마치 뮤지컬 드라마를 듣는 듯한 극적인 느낌을 준다. 협연 아티스트들도 참신하다. 루퍼스 웨인라이트가 부르는 카사노바의 성애 좌절담 〈Casanova in Hell〉의 아이러니와, 로비 윌리엄스가 전하는 〈Jealousy〉의 클라이맥스, 여배우 프란시스 바버Frances Barber가 부르는 〈Friendly Fire〉의 뮤지컬 감성 등이 PSB의 사운드스케이프를 신선하게 재해석한다. 원래 'Concert'라는 제목으로 제안된 앨범이었지만, 늘 그래왔듯, 펫 샵 보이스는 전통적인 네이밍을 거부하는 동시에 트레이드마크인 한 단어로 된 앨범명을 지키면서 《Concrete》라는 이름을 붙였다.

술렁이는 마음에
위안의 노이즈를
요 라 텡고, 2016년, 2019년 홍대

때론 나쁜 날들이 주도하고

때론 좋은 날들이 그저 사라져만 간다네

오늘 내리는 비 때문에 괴로워져 한잔하게 되네

하지만 어떤 것도 변함없이 계속되지는 않지

아무것도 설명되지는 않아

더 고생해서 앞으로 가도

올라가야 할 곳은 더 높아져 가네

왜냐하면 이 길은 우리가 아는 그 길이 아니니까

- 요 라 텡고, 〈Ohm〉 가사 중

#오늘의티셔츠

비가 무척이나 많이 내리던 어느 주말 밤, 홍대 앞의 한 뮤직바에 앉아
후배와 음악을 듣고 있었다. 방금 영화 「보헤미안 랩소디」를 보고 온
참이었다. 그냥 집으로 가기엔 나눠야 할 이야기, 들어야 할 음악이
남아 있었다. 그 친구는 퀸을 들으며 자란 세대가 아니었지만, 영화가
꽤 감동적이었다고 했다. 물론 그들의 음악은 말할 것도 없고.
「보헤미안 랩소디」는 그 이후로도 한참이나 흥행몰이를 하며
이른바 '국민 음악 영화'의 인기를 이어갔다. 하지만 나는 솔직히
많은 이들이 영화를 보며 받았다는 각별한 감동까지는 느끼지 못했다.
먼저 연출을 맡았던 브라이언 싱어의 영화치고는 너무 밋밋한
재연 드라마였다. 「유주얼 서스펙트」나 「엑스맨」에서 보여줬던
그의 '작가적' 비범함이 보이지 않았다. 그리고 프레디 역을 연기한
라미 말렉의 연기는 뭐랄까, 인물 재현에만 충실한 광대 같아 보였다.
그의 다음 해 아카데미 남우주연상 수상은 그런 면에서 좀 과하다 싶었다.
하지만 영화의 마지막을 장식한 '라이브 에이드Live Aid' 공연은 커다란 화
면 가득 생생하게 되돌아왔다. 우리는 그 바에 앉아 매킨토시 앰프와
B&W 스피커의 조합이 발산하는 때깔 난 사운드로 퀸의 음악을 즐겼다.
퀸의 노래가 끝나자 낮은 키의 신시사이저 사운드가 바의 공기를 바꿨다.
일순에.

요 라 텡고의 〈Saturday〉였다. 방금 전까지 흘러나왔던 프레디 머큐리의 총천연색 파나비전 드라마에서 완전히 탈색된 모노톤 흑백 영화로의 전환이었다. 이 전환이 너무나 절묘해서 난 마시고 있던 맥주대신 코냑을 주문했다.

"그 방은 이야기로 채워졌고, 누군가 들을까 봐 나는 누구도 없는 문 옆의 한 자리를 발견했지. 내 생각을 그냥 흘러가는 대로 풀어 놔. 다듬어지지 않은 생각을."

계산하고 나가면서 바의 디제이에게 감사의 인사를 전했다.

"요 라 텡고 잘 들었어요."

"아, 손님께서 요 라 텡고 티셔츠를 입고 계시길래……"

맞다, 그날 나는 요 라 텡고의 세 멤버들이 캐리커처로 그려진 티셔츠를 입고 있었다. 퀸이 아닌.

#토요일의노래 #DJ와티셔츠의화학작용

혼자 밥 먹으러 가는 식당. 혼자 영화를 보러 가는 극장. 혼자 떠나는 여행. 곧잘 즐겨 하는 일들이지만 어쩐지 혼자 가는 공연은 꺼려졌다. 남들도 그럴까?

2016년 11월 30일은 요 라 텡고의 첫 번째 단독 내한 공연이 있던 날이었다. 트위터에서 이들의 공연 소식을 보곤 부리나케 몇몇 친구들에게 함께 가자고 연락해 봤지만, 다들 별 감흥이 없었다. 평일 저녁, 그것도 두 시간여의 스탠딩 공연은 아무래도 종일 업무 스트레스에 시달리다 퇴근하는 사십 대 후반의 회사원에겐 만만한 일이 아니었다. 어쩌나, 놓치기엔 너무 아쉬운데.

"현존 최고의 록 밴드 요 라 텡고가 최초의 단독 내한 공연을 갖습니다."

공연을 기획한 홍대 김밥레코즈에서 보낸 이 프로모션 메시지를 받기 전까지만 해도 나는 요 라 텡고에 팬심이 없었다. '어라? 이거 봐라? 현존 최고의 록 밴드라고?' 나는 이 대담하고도 일방적인 애정이 묻어나는 홍보 문구에 호기심이 발동했다.

90년대 초 인디 록을 즐겨 듣던 친구가 선물해 준 플레이리스트엔 항상 요 라 텡고의 음악이 들어 있었다. 그래서 '여러 인디 그룹들 중 하나'라는 건 알았다. 그로부터 한참의 시간이 흘러 2014년 리처드 링클레이터 감독의 영화 「보이후드」에 요 라 텡고의 〈I'll Be Around〉가 흘러나왔을 때 탄식을 터뜨리며 이참에 이들의 앨범들을 제대로 들어 보리라 마음먹었으나, 영화가 끝나자마자 잊고 말았다. 그리고 2년이 흘러 2016년. '최고의 록 밴드' 요 라 텡고의 내한 공연 문자 메시지를 받게 된 것이다.

요 라 텡고는 1984년 미국 뉴저지주 호보켄Hoboken에서 결성되었다. 활동 기간이 35년이 넘는다. 이 팀을 처음 접하는 이들이 가장 많이 갖는 의문은 그럼 대체 나이가 몇 살일까 하는 것이겠지만, 실제로 가장 많이 하는 질문은 '요 라 텡고'가 무슨 뜻이냐는 것이다.

메이저리그 야구 1962년 시즌, 뉴욕 메츠의 주전 2루수는 베네수엘라 출신의 엘리오 차콘이었다. 그는 영어를 못했다. 중견수는 외야 뜬 공 처리를 할 때 2루수와 겹치는 경우가 많았지만, 좌익수와 서로 콜 사인을 보내는 일은 드물었다. 좌익수 프랭크 토마스는 외야에 뜬 공을 처리하며 "I got it!" 하고 사인을 보냈다. 하지만 엘리오가 "Yo la tengo!"라고 외치며 멈추질 않은 바람에 둘이 부딪치며 공을 놓치고 말았다. 스페인어를 전혀 알지 못했던 좌익수 프랭크는 경기가 끝나고 이렇게 말했다고 한다.

"What the hell is a Yellow Tango?대체 빌어먹을 '옐로 탱고'가 뭐야?"

밴드의 이름은 곧잘 재미난 우연으로 지어지는 경우가 많다. 요 라 텡고의 경우도 그렇다. 팀의 리더인 아이라 캐플란Ira Kaplan은 뉴욕 메츠의 오랜 팬으로 그 부조리한 상황을 밴드의 이름으로 정했다.

"경기 중 그런 상황에서 야수들이 하는 말이 뭐겠어요? 그게 스페인어건, 영어건, 어느 나라말이건 상관없잖아요. '내가 잡을게!' 아니겠어요?"

〈New Wave Hot Dogs새로운 흐름의 핫도그〉 같은 곡이나 《Electr-O-Pura》 같은 앨범을 내기도 했으니, 일상의 부조리나 역설을 잡아내는 그의 이력이 어느 정도 이해되기도 한다.

요 라 텡고 멤버의 면면은 다음과 같다.

아이라 캐플란. 1957년생. 기타, 보컬, 키보드. 자의식 충만한 사이키델릭 연주와 지미 헨드릭스, 커트 코베인의 파격적인 면모를 연상하게 하는 독창적인 기타 리프를 구사. 내면의 거친 외침을 표현하는 기타 연주와 그에 실어 나긋이 섬세하게 얹어내는 피아니시모 보컬은 심약한 완벽주의자 면모를 엿보게 한다.

조지아 허블리Georgia Hubley. 1960년생. 드럼, 타악기, 보컬, 키보드. 요 라 텡고의 (아마도) 전략적인 불협화음을 감싸 안는 포용의 보컬과 박력적인 템포, 탄탄한 비트를 구사. 할리우드의 저명한 애니메이터로 활동했던 부모님의 영향을 받아 음악은 물론 비주얼 아티스트로도 활동. 요 라 텡고 앨범의 커버 디자인을 도맡고 있다. 아이라 캐플란과 결혼.

제임스 맥뉴James McNew. 나이 미상. 1992년에 요 라 텡고에 합류한 걸로 미루어 적지 않은 나이. 베이스, 타악기, 기타, 보컬. 믿음직한 베이스 라인과 간간이 팝적인 보컬을 구사. 밴드에서 멜로디의 중심을 잡아주는 존재.

유사 가족 같아 보이는 이 3인조는, 미국의 인디 전문 레이블인 '마타도르 레코즈Matador Records'에 적을 두고 있다. 벨 앤드 세바스찬, 최근 내한 공연을 한 스내일 메일Snail Mail이 이 레이블 소속이다. 이곳과 네트워크를 다져온 것으로 추정되는 홍대의 바이닐 스토어 '김밥레코즈'의 수고로 내한 공연이 성사되었고, 지금도 그 생산적인 네트워크 교류는 이어지고 있는 것으로 보인다.

마침내 찾아 온 요 라 텡고 첫 단독 내한 공연 날 밤. 퇴근과 동시에 서둘러 홍대로 갔다. 11월 하순의 공기는 쌀쌀한 늦가을에 가까웠다. 해가 지면 추워질지 모른다는 생각에 두툼한 모직 코트를 입고 나왔더니 지하에 있는 실내 라이브 홀로 들어서자마자 후끈한 열기에 옷을 벗어야겠다는 생각부터 들었다. 밴드가 직접 공수해 온 기념 티셔츠와 앨범, 공연장 초입에 마련된 굿즈 판매대에선 관객들 간의 또 다른 경쟁이 벌어지고 있었고, 나는 《Popular Songs》 앨범과, 요 라 텡고가 자신들의 본거지인 뉴저지의 라디오 프로그램에 나와 커버곡으로 연주했던 곡들만으로 구성한 앨범

《Murder in the Second Degree》의 CD, 그리고 《Stuff Like That There》의 재킷 디자인이 그려진 연푸른색 티셔츠를 샀다. 그 디자인을 처음 봤을 때는 일종의 추상화라 여기며 무심히 지나쳤는데, 가만 보니 자신들의 연주 모습을 표현한 것이었다. 조지아 허블리의 표현 스타일은 재밌게도 김환기 화백의 필치를 닮아 있었다.

공연장이 사람들로 가득 찼다. 아까부터 외투를 벗어야겠다고 생각만 하고 있었지, 옷을 둘 만한 곳이 마땅치 않아 그대로 입고 있었다. 그 덕에 한껏 고대해 왔던 공연에 도무지 집중할 수가 없었다. 관객들로 가득 차 발디딜 틈 없는 공연장은, 주최 측이 넉넉히 배려해 준 훈훈한 열기 안에서 관객들의 체온과 각종 음식, 땀, 향수 냄새 등이 범벅이 되어 맴돌았다. 공연과 더불어 고조되는 열기와 내음이 조용하고 나지막한 사색의 디테일로 구성된 공연 전반부에 몰입하는 걸 방해했다. 내 앞에 서 있던 거구의 남성 관객은 공연 직전 삼겹살에 소주를 마셨음이 분명했다. 동행한 여성의 시트러스 계열의 시큼한 향수 냄새와 그의 체취가 어우러져 공연 내내 기묘한 조화를 부렸다.

요 라 텡고는 〈Is That Enough〉, 〈Big Day Coming〉 등 이전 히트곡들로 전반부를 시작했다. 이어서 조지아 허블리가 부드러운 목소리로 《Stuff Like That There》 앨범에 수록된 사랑스런 커버 곡들인 〈Automatic Doom〉과 〈Friday I'm in Love〉를 부른 뒤 캐플란이 어쿠스틱 기타로 〈I'll Be Around〉의 멜로디를 연주했다. "I'll be around, to pick up your thought당신의 생각을 이해하기 위해 당신 곁에 있겠어요."

어디에서도 레퍼런스를 빌려 오지 않은, 바로 그 시간, 바로 그 밴드만
이 들려줄 수 있는 사운드였다. 그리고 그들의 전매특허, 제임스와 조지아
가 꿋꿋하게 깔고 가는 리듬 라인 위에서 피드백 효과를 잔뜩 먹인 아이라
의 기타 노이즈가 질주했고, 감동의 〈Autumn Sweater〉가 후반부 공연의
정점을 찍었다.

그들과의 첫 만남은 그렇게 잊히지 않는 강렬한 순간으로 남았고, 그때
부터 《Painful》, 《Electr-O-Pura》, 걸작 중에 걸작으로 꼽히는 《I Can
Hear the Heart Beating as One》과 《And Then Nothing Turned Itself
Inside-Out》을 몰아서 들었다. 《I'm Not Afraid of You and I Will Beat
Your Ass》와 《Popular Songs》 앨범도 차에 두고서 휴일 드라이브마다 동
행했다.

흥미롭게도 이들이 내놓은 앨범을 들어보면 각자의 색깔이 있으면서
도, 문득 어떤 특정한 곡이 생각나서 '어, 그게 어떤 앨범에 있었더라?' 하
고 찾게 할 정도로 앨범을 관통하는 동질성이 인상적이다.

그들에겐 활동 본거지인 뉴저지 호보켄과 미국 인디 록 신의 맥락에서
만 이해될 수 있는 로컬 정서가 다분히 깔려 있다. 그래서 곡들의 제목과 가
사가 온전히 독해되기 어렵다. 〈We Are an American Band〉, 〈Let's Save
Tony Orlando's House〉, 〈Autumn Sweater〉, 〈Pass the Hatchet, I
Think I'm Goodkind〉, 〈Hot Chicken〉, 〈Barnaby, Hardly Working〉,
〈Tom Courtenay〉 같은 곡들이 어떤 문맥과 의미를 갖고 있는지 과연 제
대로 알 수 있을까? 아마도 같은 미국 내에서도 지역이 다르면 이 메시지

독해가 그리 녹록치 않을 것이다.

요 라 텡고의 곡 가사에 곧잘 등장하는 'Riot'이라는 단어의 대표적인 의미는 '폭동'이다. 그리고 잘 쓰는 표현은 아니지만 '(다양한 종류의) 모임 (집합)'이라는 의미로도 쓰인다. 이들이 쓰는 Riot을 내가 과연 올바르게 해석하고 있을까? 'Riot'은 최근의 앨범 제목 《There's a Riot Going On》 뿐 아니라 《Popular Songs》 앨범 중 〈All Your Secrets〉의 가사 "I should have learned them years ago, before the riot"에도 나온다. 앨범의 주제 뿐만 아니라, 심지어 사랑 노래에서도 뜬금없이 등장한다. 나는 이것을 과격한 행동이 수반되는 물리적인 '폭동'의 의미보다는, 술렁대고 어수선한 상황이 사람의 마음에까지 미치는 심리적 의미까지 품는 '소요騷擾'라는 단어가 더 적합하지 않을까 생각해 본다. 그리고 이 단어가 어쩌면 요 라 텡고 음악이 우리에게 은연중 던지는 키워드가 아닐까 하는 생각도 한다.

2018년 4월 6일 「뉴요커」에 실린 기사는 그런 심증을 어느 정도 보증해 주기도 했다. "요 라 텡고의 조용한 소요Yo La Tengo's Quiet Riot"라는 제하의 기사에서 앨범 《There's a Riot Going On》의 다음과 같은 라이너노트(해설문)를 인용한 것이다.

"지금 우리는 어두운 시대에 살고 있다. 거리에서도 우리 머릿속에서도 그렇다. (그렇게 어둡고 어수선한 시대에) 당신을 감싸주는 위안의 사운드가 필요하다."

확신은 할 수 없으나 대신 사운드에서 느껴지는 정서만으로 어렴풋하게 서사를 따라갈 수 있으니 신통방통한 일이긴 하다. 「Little Honda」의 야무진 기타 리프를 들으면 작지만 쓸 만하게 달리는 나의 아끼는 자동차가 떠오르고, 자욱하게 깔리는 연음의 키보드와 셰이커, 퍼커션의 리듬 반주를 등에 업고 흥얼대며 읊조리는 「Autumn Sweater」를 들으면 어디론가 조용히 함께 떠나고 싶은 연인과 그들이 입은 스웨터를 그려 보게 된다.

요 라 텡고의 음악이 점차 내 안에서 의미를 더해 가고 있을 때, 또다시 그들의 내한 공연 소식이 들려왔다. 소식의 근원은 이번에도 김밥레코즈였다.

2019년 7월 3일과 4일은 요 라 텡고의 팬들에겐 일종의 종합 선물 세트 같은 시간이었을 것이다. 이번 공연 역시 '조용한 무대Quiet Set'와 '떠들썩한 무대Loud Set'의 2부 구성에, 이틀 무대 공연 세트리스트가 겹치지 않게 짜여 있었다. 장소는 같았고, 계절만 달랐다. 둘째 날의 공연. 시작 두 시간 전 입장 줄을 섰다. 스탠딩 공연이라 좋은 자리를 잡으려고, 티셔츠와 앨범 등 공연 당일에만 판매하는 굿즈를 사려고 여유를 두고 도착했으나 뒤에 온 이들이 부러워할 위치는 아니었다. 트위터를 잠깐 보니, 지방에서 여섯 시간 넘게 달려온 팬도 있었고, 바로 내 앞에는 공연을 보러 일본에서 온 여성 팬이 서 있었다.

각자 어떤 사연을 안고 공연을 보러 왔던 늘어선 사람들 모두가 공통점이 있었다. 혼자 혹은 둘. 누구 하나 서로 닮지 않은 옷차림. 에코백과 에어팟, 단정하고 얌전한 모습들의 이십 대 혹은 삼십 대. 이들이야말로 순정에 가까운 힙스터들 아닐까. 그리고 바로 이들이 요 라 텡고의 음악에 가장 적극적으로 반응하는 팬이 아닐까. 90년대 그들의 음악을 찾아 듣던 사십 대 이상의 팬들은 지금 어떤 음악을 듣고 있을까. 음악에 시간을 쓸 여유조차 없이 살아가는 건 아닐는지.

유치원의 단체복으로나 어울릴 키치한 디자인의 공연 티셔츠에 낙담하고 말았다. 어제 왔어야 했나 생각도 잠시, 전날 공연 티셔츠를 구매해 입고 온 관객들이 확인시켜 준 재앙 같은 디자인에 아쉬움을 털어내고 공연에만 집중할 수 있었다. 다시 만난 요 라 텡고의 공연은 3년 전보다 사색적이었고, 최근 앨범 《There's a Riot Going On》이 중심이긴 했지만, 못 들으면 섭섭했을 곡들은 빼놓지 않았다. 앙코르는 작금의 세계 평화를 어지럽히는 미국 정부를 비아냥대는 곡들이었다. 워낙 말을 아끼고 연주에 몰입하는 사람들이라 인사말이나 친절한 코멘트는 거의 없었다. 정치인들을 향한 냉소적인 농담 몇 마디를 제외하곤. 노쇠함은 숨길 수 없었지만, 이들의 소요는 계속될 듯싶었다. 소요를 일으키는 사람도, 그 안으로 질주하는 사람도 메츠 스타디움의 외야에 뜬 공을 바라보는 선수처럼 각자의 외침, 노이즈를 만들어 내고 있었으므로.

"I got it! 내가 잡을게! Yo la tengo!"

《There's a Riot Going On》

많은 이들이 걸작으로 꼽는 《I Can Hear the Heart Beating as One》이나 《And Then Nothing Turned Itself Inside-Out》, 일부에서 열광하는 《Fakebook》이나, 《Painful》, 《Summer Sun》. 모두 요 라 텡고의 명반들이다. 그래서 이중 하나를 선택하자면, 취향으로는 《Popular Songs》, 편하게 듣기에는 《Stuff Like That There》다. 그러나 기나긴 음악의 여정을 밟아 온 밴드라면 현재 진행형의 음악을 주목해야 한다. 이들의 2018년 앨범이자 열다섯 번째 스튜디오 앨범인 《There's a Riot Going On》은 '우리는 여전히 두들기며 가고 있다'는 박동을 느끼게 한다. 힘찬 인트로 〈You Are Here〉에 이어 포근한 〈Shades of Blue〉와 〈Ashes〉, 〈Polynesia #1〉, 멜로딕 리프가 돋보이는 〈For You Too〉와 사운드스케이프에 충실한 〈Shortwave〉, 〈Above the Sound〉, 그야말로 꿈결 같은 〈Dream Dream Away〉와 〈Forever〉.

1시간 4분에 걸친 열다섯 곡의 위안은 나긋하고 깊이 있다. 새로운 발견, 기쁨이 있는 앨범이다.

내일 음악의
모던한 상자

톰 요크, 2019년 잠실

"일렉트로닉 장비로 음악을 하게 되면 더 이상 누군가와

협업할 필요가 없다는 것을 매우 빨리 깨닫게 되지요.

우리는 구석으로 가서 시퀀서나 신시사이저 같은

일렉트로닉 음악 장비를 펼쳐 놓고 사운드를 만들어 냈어요.

그리고 그 사운드를 우리가 보통 하는 작업에 녹여 넣었지요.

그런 작업은 전통적인 록 밴드처럼 모든 이가 함께 참여하기에는

힘든 작업이었어요."

- 톰 요크,

일렉트로닉 음악 포럼 '일렉트로너츠Elektronauts'와의 2019년 인터뷰 중

#오늘의티셔츠

2019년 7월 28일 일요일, 톰 요크의 내한 공연이 열리는 날.

공연이 저녁 7시라 느긋하게 낮잠도 좀 자고 이른 저녁을 먹은 후에
대략 한 시간 정도 일찍 현장에 도착하면 충분하리라 짐작했다.

'공연 한 시간 전 정도면 그리 부대끼지 않게 티셔츠를 사고, 커피도 한잔
할 수 있겠지.'

이 순진무구한 계획은 당일 아침에 온 문자 메시지 한 통으로 순식간에
증발해 버렸다. 공연 기획사가 예매 관객들에게 보낸 문자엔 현장 티켓
교환과 사전 입장 순서, 그리고 티셔츠를 포함한 공연 굿즈 판매에 대한
안내 메시지가 담겨 있었다. 그 문자는 톰 요크의 진성 팬들에게 경주가
시작됐음을 알리는 총성이었다.

'금방 품절되면 어떡하지?' 하는 불안 심리를 조장하려는 마케팅이라고
투덜대면서도 몸은 이미 문밖을 나서고 있었다.

장맛비가 내리는 올림픽공원. 궂은 날씨는 결코 변수가 아니었다.
공연장 앞에 마련된 굿즈 판매대 앞은 이미 사람들로 북적였다.
입장 세 시간 전임에도 불구하고 수백 명의 '얼리버드' 팬들이 몇 겹으로
줄을 섰다. 불과 한 시간도 안 되어서 공연 팀이 직접 공수해 온 티셔츠
몇 종류가 품절됐다는 안내가 나왔다.

아직 대기 줄에 서 있는 사람들과 함께 탄식을 내뱉으며 느긋하게 움직였던 나를 탓했다.

새 앨범《Anima》의 굿즈와 함께 디스토피아 콘셉트가 그려진 티셔츠들이 골고루 인기가 좋았다. 이 아트워크는 라디오헤드 시절부터 함께해 오고 있는 아티스트인 스탠리 돈우드와 톰 요크의 공동 작품이다. 보답이라도 하듯, 톰 요크의 티셔츠는 음악이라는 맥락 없이 디자인 자체로도 차별화된 패션 아이템이었다.

옥외 주차장에 세워 놓은 차로 들어가 그 셔츠들을 입어 봤다. 룸 미러에 비친 모습과 편안한 느낌의 핏을 확인하고 안도의 미소를 지었다.

티셔츠의 가슴팍을 가로지르며 프린트된 'Anima Technologies'라는 텍스트가 마치 내가 새로 입사한 IT 회사의 이름인 듯하여 그 농담 같은 상황이 쌉싸름하면서도 재밌게 여겨졌다. 이 기억 때문에 난 톰 요크의 티셔츠를 입을 때마다 그것을 사기 위해 한 시간 여 줄을 서며 초조했던 기분, 차 안에서 옷을 갈아입느라 부산했던 내 자신, 선루프 창 위로 보이던 하늘, 유난히 빠르게 움직이며 지나갔던 올림픽공원 위의 맑은 비구름이 떠오른다.

#구름의파수병 #티셔츠얼리버드

톰 요크가 본격적으로 내 시각 신경망에 들어온 건 2000년 중반의 어느 날 밤, 미국 보스턴의 한 호텔 방에서였다. 당시 해외 출장을 가면 모든 일과가 끝나고 숙소에서 무료함을 달래는 늦은 밤 시간이 은근히 기다려졌다. 호텔방의 TV로 이런저런 음악 채널과 영화 채널을 돌려보는 재미가 참으로 쏠쏠했다. 국내에서 자주 볼 수 없었던 뮤지션들의 공연이 나올 땐 이래서 해외 출장을 오는 거라는 생각까지 들었다. 요즘이라면 TV 대신 휴대폰이나 태블릿으로 유튜브 서핑을 했겠지만.

그 밤, 라디오헤드의 공연을 보고 있었다. 카날 플뤼Canal+의 로고가 화면 한 구석에 박혀 있는 걸로 봐서 프랑스에서 진행된 공연이었다.《Kid A》앨범의 〈Idioteque〉를 연주하고 있었는데, 곡이 진행되는 내내 조니 그린우드가 분주한 손놀림으로 신시사이저 장비의 배선을 빼거나 꼽고 있고 톰 요크는 접신한 영매처럼 사지를 떨고 머리를 휘저으며 나르시시즘에 빠진 듯 포효했다. '공연 전에 약이라도 했나? 어떻게 저 상태로 노래를 할 수 있지?'

톰 요크의 후일담에 따르면, 이날 2000년 9월 18일, 파리 NPA스튜디오 공연은 라디오헤드에겐 최악이었다고 한다. 누군가 공연 직전 리허설 때 세팅해 놓은 신시사이저의 배선 플러그를 뽑아 놓아 연주를 하는 도중에 다시 일일이 재배치해야 했으며, 퍼포먼스 도중 마이크에 부딪쳐 치아 몇 개가 부러졌다고 했다. 그래서 사보타주의 심정으로 무대에 임했는데, 그게 관객이나 시청자에겐 광기 어린 무대 매너처럼 보였던 것이다.

충만한 자의식, 지나친 몰입, 어딘지 천재연하는 포즈, 화나 있는 듯한 냉소. 톰 요크의 스타일을 묘사하자면 대개 그런 표현들이 필요했던 것 같다. 활동 초창기였던 1994년, 「데드아이Deadeye」라는 영국의 뮤직비디오 전문 잡지와 가졌던 인터뷰에는 그런 인상들이 집약돼 있다. 지금은 조회수 20만에 육박하는 인기 유튜브 영상으로 쉽게 찾아볼 수 있는데, VHS 홈 비디오 카메라로 찍은 듯한 저화질 속에 등장한 톰은 앳된 얼굴에 금발 염색을 했고, 줄곧 큰 사이즈 에비앙 생수를 마시며 가끔은 스스럼없이 코도 후빈다. 그리고 줄곧 퉁명스럽고 뚱한 표정이다. 인터뷰 중에 비행기 지나가는 소리와 바로 옆 어딘가에서 누군가 틀어 놓은 음악이 스피커를 통해 큰 소리로 흘러나와 그의 말을 막는다. 너바나의 〈Come As You Are〉가 나올 땐 실소를 머금는다. 그런 산만한 분위기 속에서 다음과 같은 질문과 대답이 오간다.

"라디오헤드와 관련해 떠도는 이야기들 중에 좀 아니다 싶은 얘기가 있나요?"

"뭐, 무슨 이야기건 그건 분명히 저에 대한 거죠. 화날 이유도 없는데 화나 있는 젊은 녀석An angry young man with no cause to be angry이라고요. 그게 무슨 의미이든 간에 매체들 멋대로 생각하라고 하죠."

2011년《King of Limbs》앨범의 첫 싱글〈Lotus Flower〉의 뮤직비디오 영상에서 톰은 흰 셔츠에 진 팬츠, 페도라를 쓰고 예의 우울한 키의 일렉트로닉 연주에 맞춰 몸을 비틀어대며 춤을 추고 노래를 부른다. 마치 마임 예술가마냥, 혹은 현대 전위무용가마냥. 이 영상은 발표 당시에 전 세계 라디오헤드 팬들 사이에서 일종의 밈meme이 되어 다양한 복제와 패러디로 이어졌다. 그런데 그 움직임은 10년 전〈Idioteque〉를 불렀을 때의 기개와 유사한 느낌을 준다. 어떤 단일한 이미지, 그것을 표현한 적확한 단어를 찾기 힘들지만, 팬들에게 유사하게 다가오는 '톰 요크표' 이미지가 있다. 그것은 물론 처음의 이미지에서 크게 바뀌지 않았다. 삼류 미디어 인터뷰에서 그가 깨고 싶다고 말했던 "화가 나 있는 젊은 녀석"이라는 이미지의 흔적은 어쩌면 다 가시지 않은 것 같기도 하다. (사람의 첫인상이 어디 그리 쉽게 바뀌던가?) 그러나 그 이미지는 부정적이지 않다. 오히려 라디오헤드가 진보해 온 궤적과 어우러져 고유의 자산이 되었다. 어쨌든 유일무이한 이미지의 록 스타가 아닌가.

그런 맥락에서 그가 불혹의 나이부터 본격적으로 시작해 온 솔로 아티스트로서의 행보는 록 스타가 아닌 다른 궤적으로 미래를 내다보려는 것 같다.

《Kid A》부터 가장 최근의 《A Moon Shaped Pool》에 이르기까지 라디오헤드의 음악에 일렉트로닉이 주도적 역할을 하고 있음은 누구나 분명히 지켜봐 왔던 사실이었다. 그러니까 톰은 2006년 솔로 데뷔작 《The Eraser》를 내면서 일렉트로닉적 성향을 더욱 노골적으로 드러냈을 뿐이다. 첫 싱글 발표곡이었던 〈The Clock〉을 듣고 '이제 톰이 기계에 탐닉해서 다른 세계로 가려는구나' 다소 실망했던 기억이 떠오른다. 하지만 라디오헤드의 《Kid A》라고 어디 처음부터 듣기 쉬운 음악이었던가? 톰 요크의 솔로 프로젝트를 듣는 데도 열린 마음과 의지가 필요했다. 그리고 그 시간에 대한 보답인지 2019년 여름, 톰 요크의 내한 공연 계획이 발표되었다.

공연 30분 전 수용 인원 3천 명의 올림픽 홀이 가득 찼다. 내 앞에는 윤도현과 YB 멤버 전원이 앉아 있었고, 군데군데 또 다른 유명 뮤지션들이 눈에 띄었다. 무대에는 서울에 앞선 투어 무대에서 보았던 두 개의 큰 DJ박스와 사이드 콘솔 박스가 세팅되어 있었고, 의외로 기타와 베이스 스탠드가 놓여 있었다. 톰 요크는 정시에 등장했다. 다시 만난 한국 팬들에게 허리를 굽혀 정중하게 인사했고, 한국말로 반갑다는 말을 하고 나서 두 번째 솔로 앨범 《Tomorrow's Modern Boxes》의 수록곡 〈Brain in a Bottle〉을 연주했다. 시작과 함께 그의 일렉트로닉에 대한 마음의 벽이 일순간에 허물어 졌다. 베이스를 움켜쥔 톰 요크가 박진감 있는 리프를 연주하는 두 번째 곡 〈Black Swan〉을 들려줬을 땐 짜릿함에 멍해져 버렸다. 코러스의 가사가 나의 머릿속 상황을 묘사하는 듯했다.

"표를 사서 기차에 올라타. 이건 엉망이 되어버렸으니까Buy a ticket and get on the train. Cause this fucked up."

톰이 들려주고 보여주었던 것이 기존의 록을 완전히 배제한 일렉트로 닉이 아니라는 확신이 들었다. 올드스쿨 록의 감성을 놓지 않고 있는 팬들 에게 DJ박스와 기타, 베이스는 낯설지만 반가운 조합이었다. 그가 만들어 내는 음악은 매 순간 내 기대를 뛰어넘었다. 항상 몸과 귀가 먼저 반응하는 감각적인 즐거움이 따라왔다. 《미래의 모던한 상자Tomorrow's Modern Boxes》 라는 앨범 이름처럼 그가 하고 싶고, 들려주고 싶었을 미래의 음악이 어떤 그림이었는지는 2019년 월드 투어로 어렴풋이 알 수 있었다.

《OK Computer》로 대중적 인기와 평단의 지지가 절정에 이르렀을 때 라디오헤드는 지나친 부담감을 느꼈다고 알려졌다. 수년간 도저히 새로운 곡을 쓸 수 없었던 톰 요크는 그 공백 동안 '아펙스 트윈Apex Twin'의 음악 에 탐닉했다고 한다. 음악에 구조가 전부였고, 사람의 육성이 담기지 않은 것이 참신했기 때문이었다고 한다. 그간의 공백을 깨고 나온 곡이 그래서 〈Everything in Its Right Place〉였다.

톰 요크에게 여전히 많은 영향을 주고 있다는 아펙스 트윈의 2018년 앨범 《Collapse》나 미디어 아트를 연상시키는 쉽 없는 영상들을 접하면 머리가 좀 복잡해진다. 톰이 받았다는 영감의 주요 원천인 이 음악들이 적어도 내겐 머리로 이해해야 하는 대상이며, 반복되는 비정형의 패턴을 분석하고 싶은 도전 의식을 불러일으키는, 일종의 '로고스logos'로 다가오기 때문이다. 클럽이라는 미장센이 필요하기도 하고, 적당한 술의 힘을 빌리고도 싶다. 톰은 라디오헤드와 그의 솔로 음악을 듣는 청중들과의 교감에 관해 의미심장한 얘기를 한다.

"한 아티스트가 동어 반복하는 걸 지켜보면, 사람들은 그 아티스트가 맛이 갔다고 생각할 거예요. 저 친구 이제 끝났어. 이 대목에서 제가 찾아야 할 것은 바로 사람들과의 교감입니다. 이 이야기는 아티스트로서 사람들에게 줄 수 있는 영향력과 관련돼 있어요. 제가 라디오헤드의 동료들과 해왔던 작업은 일종의 안전한 공간을 만드는 것이었어요. 창조적으로 자유롭게 무언가를 시도해 보고 우리 자신이 원하는 곳으로 가 볼 수 있게 하는 그런 안전한 공간 말입니다. 그러나 줄곧 그 중심에는 '이건 비즈니스지'라고 의식하며 일종의 게임과 타협을 해야 했어요. 그런데 핵심은 말입니다, 그런 것을 언제라도 다 태워 버려야 할 수 있도록 준비되어 있어야 한다는 점입니다. 처음부터 모두 다."

그가 공연을 하는 주된 목적이 '재교감Reconnect' 때문이라는데, 라디오헤드 시절부터 따라오고 있는 사람들, 팬, 내일의 음악에 목말라 하는 청중과의 재교감은 이미 꾸준하게 이루어져 왔던 것 같다.

하지만 지금 나의 마음 한편에는 아름다웠던 공연의 추억과 함께 작은 의구심 하나가 남아 있다. 톰 요크는 앞으로 솔로나 라디오헤드의 음악으로 이끌어 낼 어떤 풍경에 관해 다소 씁쓸한 고백을 한다.

"그렇게 활발한 사회 참여와 기성 시스템에 대한 저항과 냉소로 무언가 변화를 도모했음에도 불구하고 결국 바뀐 것은 없다. 음악으로 대체 무엇을 바꿀 수 있겠는가? 60년대엔 참여 정신으로 부른 노래들이 정말 무기와도 같이 기성 사회를 바꿨지만, 이젠 매우 힘든 일이 됐다. 우리가 기후 변화를 막기 위한 노래를 만든다고 해서 사실상 줄 수 있는 영향은 없다. 그래서 나는 《A Moon Shaped Pool》 앨범부터 차라리 '아무 것도 아닌' 또 다른 달콤 무취한 사랑 노래를 쓰기로 결심했다."

모든 것을 태워 버릴 수 있어야 하는 용기와 시도, 좋다. 그래서 마지막에 남는 것은 사운드 탐미와 유희다. 염세와 허무, 무기력, 냉소를 무기로 세상과 인간의 불편한 진실에 안티테제를 던지거나 저항하던 음악의 역할은 얼마 뒤 자취조차 남지 않을 수 있다. 아펙스 트윈의 음악처럼 형식, 스타일, 소리 창조를 향한 탐미만 남을 수도 있다. 결국, 그런 점마저 가장 전위적이고 세련된 즐거움으로 받아들여야 하는 것일까?

톰 요크가 최근에 중요하다고 얘기하고 있는 것처럼, 그리고 적지 않은 수의 사상가들이 요즘 들어 부쩍 강조하고 있는 것처럼, 좋은 잠, 좋은 꿈, 명상이 어쩌면 그 무기력한 상황에 대한 대답일 수도 있겠다. 음악은 갈수록 단순해지는 것 같지만 감상의 층위는 오히려 복잡해지는 것 같다. 그래서 미래의 음악상자를 여는 일이 조심스럽다.

《Tomorrow's Modern Boxes》

2016년 9월에 발표된 톰 요크의 두 번째 솔로 앨범. 라디오헤드의 《In Rainbows》 앨범에 이어 새로운 음원 유통 판매 방식을 시도해 화제가 되었다. '비트 토렌트 번들'에서 발매 당일에만 십만, 첫 주 백만 다운로드를 기록했고, 6개월 뒤 450만 누적 다운로드를 달성했다. 톰 요크와 프로듀서 나이젤 고드리치는 중간 유통업자의 관여와 수익을 최소화하는 한편, 창작자와 소비자가 직접 만나 공정하고 지속 가능한 음원 유통을 의도했다고 했다. 일반 소매 방식의 CD와 바이닐 판매는 1년 뒤 시작됐고, 동시에 이들이 처음에는 거부했던 스트리밍 서비스 스포티파이에서도 음원 서비스가 이뤄졌다.

유통 방식에 걸맞게 음악 자체도 뛰어났다. 솔로 데뷔작 《The Eraser》 발표 후 10년. 과연 이 앨범이 그 긴 기다림에 부합할 만한 걸작이냐 묻는다면, 한 세대를 뛰어넘었다기보다는, 전작보다 깊은 사색이 느껴지는 작품이라고 하겠다. 총 여덟 곡, 40분의 러닝 타임. 오후 티타임에, 혹은 지친 하루를 달래며 시원한 맥주 한잔하는 저녁 무렵에 들으면 잡념에서 해방되는 느낌을 받는다. 그렇다고 역시 단번에 좋아하게 됐던 건 아니지만.

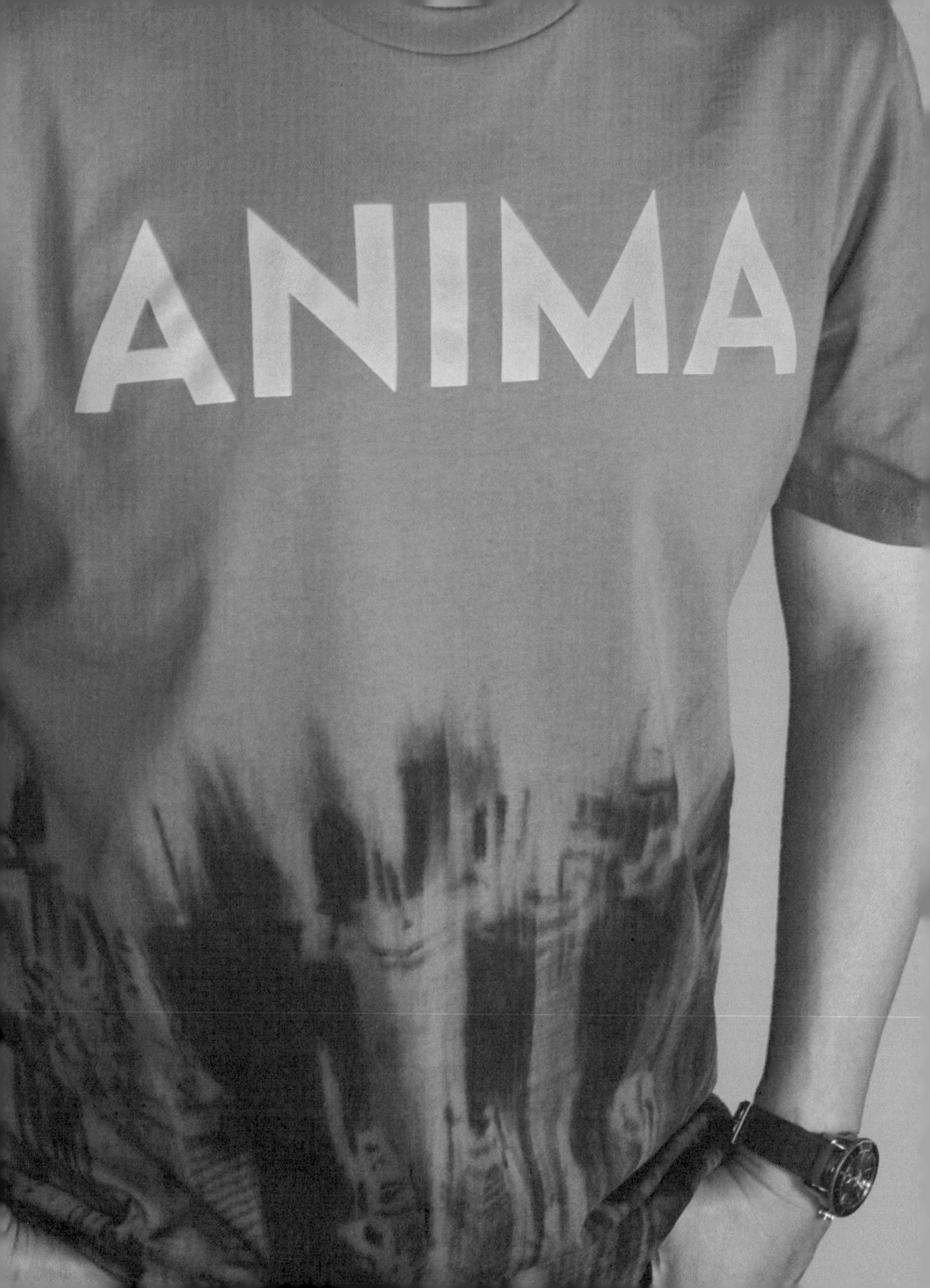
ANIMA

엘리베이터 없는 건물의 4층 맛집

ABTB, 2019년 ~ 2020년의 홍대

끝없이 드넓은 적막한 공간 속에

갑자기 나홀로 내던져진 듯이

여기가 어딘지 어디로 가는 건지

아무도 나에게 말해 주지 않아

짙푸른 창백한 희박한 공기 속에

의식을 잃은 채 흐름을 따라서

멀어지네

하나둘 사라지네

지금껏 나의 곁을

지키던 모든 것이

- ABTB, 〈daydream〉 가사 중

#오늘의티셔츠

글로벌 회사에서 일하다 보니 본사 동료들이 출장차 한국을 방문하는
경우가 많다. 특히 프랑스에 본사가 있던 예전 직장에서 알게 된 마케팅
디렉터는 매년 한국 출장을 왔다. 독일 국적의 그녀는 나와 나이도
동갑인 데다 평소 일하는 스타일도 비슷해서 이야기가 잘 통했다.
그리고 무엇보다 한국을 좋아했다. 한국 음식은 물론 가성비 뛰어난
한국산 화장품의 전도사였으며, 한국인의 열정과 추진력에 늘 호감을
보였다. 심지어 휴가 시즌에는 가족과 함께 한국을 방문하기도 했다.

작년, 그녀와 함께 파트너 미팅을 하기 위해 올림픽대로를 달리던
택시 안. 라디오에서 메탈리카의 〈Sad But True〉가 흘러나왔다.
"영훈, 기사님께 볼륨 좀 올려 달라고 해 주겠어?"
젊은 택시기사가 흔쾌히 올려주자 박력 있는 기타 리프가 택시를 가득
채웠다. 그녀는 나지막이 노래를 따라 불렀다.
"너 이런 음악 좋아해?"
"물론이지. 이런 록이 제대로 된 음악 아니겠어?"
돌이켜보니 놀라운 일도 아니었다. 그간 보아 왔던 그녀의 패션 코드는
예외 없이 블랙이었고, 검은색 뿔테 안경에 해골 문양이 새겨진 금속
장신구를 걸치고 메이크업도 다소 고딕풍이었다.

미팅을 마치고 그녀에게 색다른 선물을 하고 싶어 경리단길에 있는 음악 클럽 '펫 사운즈'로 데려갔다. 한국의 록 밴드 ABTB의 공연이 있었다.

"와, 뭔가가 있는 팀인데!"

그녀의 열띤 반응에 기쁨을 느끼는 찰나, 무대 앞쪽에 있는 몇몇 '진성팬'들이 입은 티셔츠가 내 시야에 들어왔다. 밴드 이름이 흰색 타이포그래피로 들어간 검은색 티셔츠였다.

공연이 끝나고 밖으로 나오며 그녀는 다음번에도 한국에 오면 ABTB의 공연을 보고 싶다고 말했다. 재차 '뭔가 있는 팀'이라고 강조하면서.

독일 출신 로큰롤 키드가 한국 록 밴드를 칭찬하는 데 감격한 나는 그녀가 돌아간 후 공연 때 얼핏 보았던 ABTB의 티셔츠를 물색하기 시작했다. 한 달도 채 지나지 않아 이들의 다른 공연에서 심플하지만 밴드의 음악처럼 힘이 느껴지는 티셔츠를 손에 넣을 수 있었다. 물론 나를 위한 여벌까지 챙기는 걸 잊지 않았다.

올여름 예정되었던 그녀의 한국 출장은 코로나 바이러스로 무산되었다. 진작부터 '메이드 인 코리아'의 품질 좋은 면으로 만들어진 ABTB의 티셔츠와 그들의 끝내주는 새 앨범을 선사하겠다고 바람을 잡았는데, 아쉬운 상황이 되어 버린 것이다.

얼마 후, 그녀로부터 이메일이 왔다.

"그래도 나를 위해 꼭 갖고 있어줘. 이 시절이 지나고 서울에서
그 티셔츠를 입고 밴드를 만나면 정말 행복할 것 같아."

물론. 그때까지 건강하길, 수잔.

#이심전심록스피릿 #뭔가확실한것이있는밴드

ABTB라는 록 밴드가 있다. 이들은 바로 지금, 바로 여기에 산다. 그래서 조금만 시간을 내면 그들의 연주를 직접 들을 수 있다.

ABTB는 'Attraction Between Two Bodies'의 약자로 두 사람, 혹은 두 물체 간의 이끌림이라 해석되지만 음악을 통해 '팬들과 교감하는, 음악 안과 밖에서 이뤄지는 화학작용'이라고 그 의미를 확장해 볼 수도 있겠다. 여하튼 이 밴드는 첫 앨범을 내자마자 '홍대 어벤저스'라는 별명이 붙었다. 게이트 플라워즈의 보컬 박근홍, 한음파의 베이시스트 장혁조, 썬스트록의 드러머 강대희. 여기에 비범한 재능을 갖춘 젊은 기타리스트 황린이 가세했다.

2014년 결성돼 여러 무대에서 가공할 연주를 선보이다 2016년 정식 데뷔 앨범 《Attraction Between Two Bodies》를 발표했다. 네이버 온 스테이지와 EBS 스페이스 공감에 등장하며 본격적으로 입소문이 났고, 2017년 한국 대중음악상에서 최우수 록 음반상을 받았다. 앨범 발표 후 기세등등한 2년이었다.

이후 "소속사의 지원 아래 백만 장의 음반이 팔리고, 올림픽체육관에서 공연을 하고 새 음반을 준비하고 있다"는 프로필이 들어서야 할 자리엔 한국 음악 시장의 현실이 적혀 있다. 그들은 여전히 신촌과 홍대의 작은 클럽에서 분투하고 있다.

「탑 밴드」라는 밴드 오디션 포맷의 프로그램이 시즌3까지 방영되며 드디어 록 밴드들의 외침에 메아리가 울리는가 싶었다. 어리고 멀끔한 외모에 웰메이드 팝과 록 음악 레퍼토리에다 상품성까지 고려한 「슈퍼밴드」라는 프로그램도 최근 방영되었다. 그러나 벌써 그런 프로그램들이 있었다는 기억마저도 희미해졌다.

왕년에 '대한민국 3대 기타리스트'로 꼽히던 김도균은 세상사 미숙하되 초탈한 캐릭터로 음악과는 무관한 방송에 출연하고 있고, 국내 록 보컬의 지존급인 국카스텐의 하현우는 가면으로 얼굴을 가리고 나서야 대중들에게 알려졌다. 노이즈가든, H2O, 델리스파이스, 내 귀에 도청장치. 90년대를 가득 채우던 한국 밴드들이 있었다. 다들 어디로 갔을까? 어디서 무엇을 하고 있을까?

첫 앨범을 내고 4년이나 지났지만 어찌되었건 ABTB는 '운 좋게' 지탱이 되고 있는 것 같다. 운이란 걸 다르게 표현하면 팬이겠지만, 팬의 숫자를 생각하면 역시 운이다.

　그들의 음악을 듣고 있으면 여러 음악적 레퍼런스가 떠오른다. 보컬 박근홍이 공공연하게 애정을 밝히는 펄 잼이나 사운드가든, 역동적이고 멜로딕한 기타 연주를 들으면 주다스 프리스트나 아이언 메이든이 떠오른다. 한때 국내 슈퍼 록 밴드로 불리며 짧게 활동했던 전설의 그룹 외인부대의 기억이 소환되기도 한다. ABTB의 음악은 그런지와 얼터너티브 록의 기본 색채에 역동적인 메탈 연주가 더해지고, 블루지하게 호흡을 가다듬는 노련함이 있다. 홍대와 신촌의 무대를 찾아가 그들을 볼 때는 이들의 장대한 스케일을 품기에 너무나 협소한 현실이 착잡했다. 그래도 이들은 야심 차고, 긍정적이었으며, 현실 따위 초탈한 듯 보였다. 혹은 초탈함이 이들에겐 내재화된 생존의 코드인지도 모르겠다. 그리하여 이들의 활동이 이 시대, 바로 여기에서 얼마나 더 버틸 수 있느냐는 이제 이들의 몫이 아니라 듣고 있는 사람들의 몫이 되었다.

　“저희 음악은 엘리베이터 없는 건물의 4층 맛집이지요.”

　홍대의 한 공연장. 그는 막 공연을 마쳤고, 몇 번의 관람만으로 나는 그와 간단한 이야기를 나눌 수 있는 ‘안면’을 익힐 수 있었다.

　“2012년인가 잠시 밴드 얘기가 있긴 했는데, 그때는 각자 팀이 있었어요. 저는 ‘게이트 플라워즈’, 혁조 형은 ‘한음파’, 대희 형은 ‘썬스트록’과 ‘쿠바'. 각자 밴드들에서 못해 본 것을 해보고 싶었고, 그런 점에서 마음이 맞았죠. 저는 그때 대희 형을 몰랐지만 혁조 형의 연주라든가 작곡은 좋아했어요. 그런 배경이 있기 때문에 ABTB가 '투포', 그러니까 드럼과 베이스의 리듬을 중요하게 여기는 팀이 된 것 같네요.

엘리베이터 없는 건물의 4층 맛집. 사실 그 말은 제가 요리 만화를 좋아해서 나온 표현이에요. 「라면서유기」라는 만화 아세요? 거기 나오는 에피소드 중에 4층에 있는 라면집이 있는데, 저는 기본적으로 식당이 4층에 있다는 것이 무슨 의미인지 바로 실감을 못했는데, 장사하는 입장에선 좀 특별한 것 같더군요. 그러니까 식당이 4층으로 올라간 이유는 권리금이나 보증금이 없어서, 월세가 감당이 안 돼서예요. 저희 팀도 어쩔 수 없는 사정 때문에 4층까지 올라간 거라 3층으로 내려오려면 또 많은 대가를 치러야 하지요. 그런데 그게 뭔가 음악적인 부분은 아닌 것 같다는 거지요. 굳이 따지자면, 그러니까 식당으로 치자면, 음식 자체가 변하진 않잖아요. 우리가 음악을 하는 외적인 여건을 비유하고 싶어서 쓴 표현이에요. 음악이라는 게 자본이 수반되는 연예이고, 흥업興業이잖아요. 최소 십 대나 이십 대의 사람들이 해야 하는 부분이죠. 그런 차원에서 저는 곧잘 이런 말을 합니다. ABTB 같은 음악, 이 정도의 완성도로 십 대나 이십 대가 음악을 한다면 굉장히 주목을 받았을 거라고. 아마도요. 물론 저희 팀의 기타리스트 황린이 이십 대이긴 하지만, 나머지는 다 사십 대입니다. 이런 부분은 저희가 애를 쓴다고 해도 어떻게 할 수 있는 것이 아니지요. 그래서 접근성이 있으려면 어려야 하는구나, 그런 생각도 합니다."

내 나이가 그들에게 더 활발하게 접근해야 할 연령대를 막고 있는 건 아닐까. ABTB의 주요 팬층의 연령대를 물으니 호탕하게 웃고는 삼십 대 후반의 남성이라고 했다.

"물론 저는 또 다른 예를 항상 들긴 합니다. 출처는 기억이 잘 나지 않지만, 이런 일화가 있었다고 해요. 에릭 클랩튼이 공연을 했는데, 여섯 살 정도 된 꼬마아이가 공연이 끝나고 사인을 받으러 왔다는 거예요. 칠십 대의 에릭 클랩튼 입장에선 기특하잖아요. 증손자뻘인 아이가 왔다는 게. 그래서 물어봤답니다. '왜 이렇게 오래된 음악을 들으러 왔니?' 그랬더니, 그 애가 미국 애라서 그랬는지 당차게 '당신에겐 옛날 음악인지 모르겠지만, 제겐 완전히 새로운 음악이거든요'라고 했답니다. 저희도 앞으로 그런 친구들을 노려야 하는 건지 모르겠어요. 「보헤미안 랩소디」란 영화가 만들어지니까 초등학생, 중학생들이 퀸 노래를 좋아하게 되잖아요. 물론 부모님 영향이 좀 있었겠지만, 그렇다고 본인이 학원에서 부르고 그러진 않겠지요. 하지만 냉철하게 현실을 말하자면, 저희 ABTB의 주요 팬분들은 삼십 대 중반 이상의 남성층입니다."

이왕 물어 본 김에 고정적으로 공연을 보러 오는 팬은 어느 정도 되나 물었다, 대략 수천 명 정도를 생각하며. 그는 단호하게 일축했다.

"고정적으로 백 명 정도 오면 한국 최고의 밴드죠. 백 명이 꾸준히 온다는 얘기는 그 밴드는 한국에서 무엇이든지 할 수 있다는 얘기기도 해요. 인기가 높다는 밴드들도 그 정도는 안 올걸요? 물론 그런 밴드들은 클럽에서 자주 공연하는 것이 아니니까 같은 기준을 적용하기에는 그렇지만요. 기본적으로 열 명 정도가 클럽 공연할 때 매번 온다면 그 밴드는 조만간 크게 될 밴드라고 봐야 합니다. 그만큼 우리 신scene이 열악하다고 봐야죠. 클럽 공연만으로 생계를 유지할 수 있는 팀은 단 한 팀도 없다고 할 수 있습니다."

조심스러웠지만 묻지 않을 수 없었다. 경제 활동을 위해 음악 외적으로 하는 일이 무엇인지 그리고 소속사나 레이블이 있는지.

"구체적으로 말씀드리기는 좀 그렇지만, 혁조 형은 회사를 다니고 있고요, 린은 대학생이지요. 대희 형과 저는 지금 별도의 일은 하고 있지 않아요. 그리고 저희가 소속사나 레이블은 따로 없고요, 최근에 발표한 2집은 그래서 자체 제작입니다."

밴드의 지속 가능성을 이야기할 때 현실적으로 가장 중요한 것이 자본일 것이다. 앨범 제작 비용도 그렇지만, 단독 공연이라도 하려면 음향 업체, 조명, 대관에 평소 합주 공간 같은 것만 생각해도, 정말 숨만 쉬어도 돈이 나가는 구조다.

"공연으로 수익이 있으면 그것으로 일부 충당하고, 아예 없거나 더 필요할 땐 멤버들이 갹출을 하고 있는 상황이에요."

　정말로 록의 시대는 이미 저물고 만 걸까? 나에겐 20년 전의 록이나 지금의 록이나 같은 의미지만, 뮤지션에겐 저물었다면 저문 그대로가 현실이다.

　"록이 한물간 장르라는 생각에 저는 공감하지 않아요. 제가 팟캐스트「음악몰라요」(박근홍과 음악평론가 조일동이 함께 진행한다)를 하면서 느끼는 것이 있어요. 일단은 저희가 이야기를 블루스부터 시작했거든요. 많은 분들이 블루스와 록이 다른 장르라고 생각하지 않잖아요? 초창기 블루스에선 통기타 하나 갖고 연주해요. 따지자면 그것도 록이죠. 지금은 최첨단 장비와 악기들을 사용해서 연주해요. 그것도 다 록으로 볼 수 있어요. 예전에도 나인 인치 네일스나 케미컬 브라더스 같은 팀들을 록으로 분류했잖아요. 악기라는 측면이나 표현 형식 같은 데 크게 구애받지 않고 그걸 공통적으로 록이라 생각했지요. 통념적으로 밴드의 구성이라 생각되어 온 일렉트릭 기타, 일렉트릭 베이스, 보컬, 그것도 남자 보컬 등의 편성이 예전만큼 인기가 없을 수 있어요. 그런데 재미있게도 지금 아이돌 음악의 기본 장르 중 하나에 록의 성격이 있거든요. 저는 록이 약세라고 생각하지 않아요. 록의 형태가 달라진 거예요. 예전 개념의 록이 받아들여지지 않을 뿐이죠. 기성세대가 싫어하는 형태의 것들을 전통적으로 록이라고 봐 왔잖아요. 기성세대가 옹호하는 장르 형태가 되어 버리면 그건 이미 록이 아니라 볼 수 있지 않을까요?”

그렇다면 록은 스피릿spirit 같은 걸까? 시대마다 갱신이 필요한, 아니면 새로운 세대의 전혀 새로운 생각?

“스피릿이라기보단, 기본적으로 엘비스 프레슬리가 처음 나왔을 때 많은 부모들이 싫어했던 것처럼, 지금 시대에도 많은 부모들이 싫어하는 형태로 나오는 것들, 그것이 록이 아닌가 싶은 거지요. 지금은 일렉트릭 기타나 일렉트릭 베이스 등이 나오는 형식의 전통 록은 많은 부모들이 좋아해요. 그러니까 제가 볼 때 어쩌면 그건 록이 아닌 거지요. 부모 세대들이 싫어하는 형태이되 춤을 추고 싶은 장르를 이제 록으로 봐야 할 것 같다는 생각이 들어요. 나아가 지금 전통적인 기타 록이 약세를 보이는 게 어쩌면 시대정신일 수 있고요. 아시다시피 기타 록은 기본적으로 ‘칵 락cock rock’이라는 얘기를 하니까요. 즉 남자가 중심이 되어 성기의 연장 이미지인 기타를 들고, 남성다움을 뽐내는 보컬이 주류였지만, 지금 남성다움을 뽐내는 보컬을 생각해 보세요. 어쩌면 전인권으로 대표되는 ‘듣기 싫은’ 유의 비호감 노래인 거고, 일렉트릭 기타의 화려한 솔로 연주를 내세우면 구세대로 생각하게 되지요. 반면에 그걸 여성 로커들이 하면 참신하다고, 새 시대의 느낌이라고 여기는 것 같아요.”

daydream

내가 이해해 온 ABTB 가사에는 열정, 열망이 없어진 시대에 대한 냉소 그리고 희망이 무소용한 사회의 허무함, 무기력이 있다. 특히 〈Zeppelin〉의 가사가 그랬다. 그런데 가사 이야기를 꺼내자니, 이건 역시 같은 언어를 쓰는 밴드를 만나야만 가능한, 정말 특별한 경험이었다.

"게이트 플라워즈 시절부터 대부분의 가사는 제가 써 왔어요. 보통 평소 생각을 써요. 〈Zeppelin〉 같은 경우는 레드 제플린이잖아요. 이전 세대 분들이 항상 '제플린을 들어라'라고 했거든요. 그런 맥락에서 이 곡은 '예전에 당신들은 제플린을 좋아했지만, 이제 예전에 좋았던 것은 예전에 좋았던 것으로 그냥 놔두세요. 강요하지 마시고, 제플린 좀 그만 찾으세요' 하는 의미가 있어요. 이 노래에선 화자가 제플린이죠. 제플린의 입장에서 봤을 때 '우리를 자주 인용하지 말아 달라'는 뉘앙스가 되는 겁니다. 한때 그 분들이 가졌던 모든 희망과 열망 그런 건 알겠지만, 그건 70년대 얘기지, 지금 21세기의 이야기는 아니니까요."

이들 사운드에 영향을 준 단서를 찾고 싶었다. 그래서 ABTB 팀 멤버 각자가 좋아하거나 영향 받은 뮤지션에 대한 질문을 던졌다. 박근홍은 이미 여러 인터뷰를 통해 펄 잼의 에디 베더와 사운드가든의 크리스 코넬, 퀸의 프레디 머큐리 등을 이야기한 적이 있었다.

"제가 생각하는 크리스 코넬은 철저하지 못한 사람이에요. 사운드가든 노래를 들어보면 알겠지만, 보컬 측면에서 좀 작게 잡혀 있고, 되게 마초적인가 싶으면서도 마초로서 그리 충분해 보이지도 않고, 노래 자체도 어렵고, 라이브 퍼포먼스도 제대로 안 나오는 경우들이 있다 보니까 본인 스스로가 움츠러드는 게 있었던 것 같아요. 개인적으로는 록의 맹주가 되고 싶어 하지만 생각만큼 안 되고, 동시대의 너바나는 떴는데, 자신은 그렇게 안 되고, 욕망 덩어리의 에고를 지녀서 무언가 최고의 자리로 오르고 싶지만 그게 잘 안 되는 사람, 그런 이미지였거든요. 그런데 이건 제가 팬이 된 다음에 느낀 것들이에요. 예전엔 로버트 플랜트Robert Plant와 데이비드 커버데일David Coverdale을 합쳐 놓은 목소리라는 평가를 받기도 했거든요.

한편 크리스 코넬이 쓰는 가사는 양비론이 담겨 있어요. 비유와 은유를 잘 쓰죠. 〈Follow My Way〉라는 곡이 있는데, '그러니 내가 누구도 이끌지 않을 때 내 길을 따라와' 같은 식의 역설적인 가사를 많이 씁니다. 저 유명한 곡 〈Black Hole Sun〉에서도 '블랙홀 태양이여, 이리 와서 비를 씻어버려 주지 않겠니?' 하는 식으로 가사들이 대부분 역설, 아이러니에요. 그 아이러니가 주는 매력이 있어요.

다른 멤버들 같은 경우, 린은 익스트림의 기타리스트 누노 베튼코트Nuno Bettencourt를 좋아하는 것은 분명한데, 워낙 음악적 스펙트럼이 넓어서 딱히 잘 모르겠어요. 대희 형이나 혁조 형 같은 경우는 정말 모르겠습니다만, 확실한 건 혁조 형은 새로운 것에 대한 레이더를 세우고 있다는 거지요. 그게 딱 록에 한정되지 않고, 요즘 같은 경우엔 레이디 앤터밸럼Lady Anterbellum이나 리쪼Lizzo 등을 추천하는데 저는 잘 모르겠다고 하지요."

세계 무대의 욕심 같은 건 어떨까? 영국, 유럽, 북미, 아니면 한국보다는 장르가 세분화된 일본의 록 팬은.

"욕심이야 당연히 많죠. 저희들은 음악적 지향을 한국에 두고 있지 않아요. 그리고 저는 '한국 록'이라는 말 자체를 싫어해요. 80년대부터 이 말을 썼던 것 같은데, '아휴, 좀 못하지만 그래도 한국인이잖아. 우리말 쓰잖아. 좀 봐줘' 하는 변명이 '한국 록'이라는 표현에 있었던 것 같아요. 한 수 봐줘야 된다는 생각. ABTB는 우리가 왜 그쪽의 록에 뒤쳐졌다는 표현 뒤에 숨어야 하나, 그쪽과 붙어서도 지지 않을 자신이 있다, 그런 자신감이 있는 팀이에요.

일본 같은 경우는 그곳의 록 전문 잡지인 『번BURRN!』에 기고하는 미즈시나 테츠야라는 분이 『데스메탈코리아』라는 책을 쓴 적이 있어요. 우리말로 아직 번역이 안 된 것 같은데, 국내의 주요 록그룹들을 망라했어요. 저희에게도 관심을 갖고 기사를 써 줬지요. 그런데 저희 팀이 하는 음악이 그걸 지향하는 건 아니지만, 이런 색깔의 보컬을 중심으로 한 그런지 록Grunge Rock이라는 느낌을 받잖아요. 이를테면 푸 파이터스 같은 느낌을 주는 건데, 그 느낌을 일본에서는 별로 안 좋아하는 것 같아요. 그런 밴드가 어필한 적이 없어요. 펄 잼이나 사운드가든 같은 밴드들이 어필이 안 되는 시장이었어요. 나이라는 측면에서 보면 일본은 한국보다 더 엄격한 게 있어서 이십 대 정도의 어린 연령층의 뮤지션이 아니면 잘 안 되죠. 이런 조건들이 기본적으로 충족이 안 되니 섭외 대상조차 되지 않아요. 저희는 항상 글로벌 무대를 생각하고 있는데, 길을 모를 뿐이죠. 기본적으로 사우스바이사우스웨스트sxsw 같은 글로벌 뮤지션들이 참가하는 대규모 음악 페스티벌 무대가 있습니다만, 우리나라의 경우 무대에 서려면 한국콘텐츠진흥원을 거쳐야 해요. 그런데 그쪽은 이미 출전 팀에 대한 일종의 선정 기준이나 인적 망 같은 게 있어요. 밴드의 참가 지원도 줄이고 있는 상황이고요. 한국도 그렇고 외국도 그렇고, 밴드 음악이 잘 안 되기 때문에 상대적으로 아이돌을 많이 밀어 주는 거지요. '밴드는 답이 없다' 그런 인식이 있어서요. 어찌됐건, 글로벌 무대에 대한 욕심은 당연히 있습니다. 그건 저희가 4층에서 3층으로 가는 조건 중에 하나라고 생각합니다."

한국에서는 ABTB 같은 대형 밴드마저 인디 음악이라는 범주 안에서 생각하는 경향이 있다. 당연히 밴드 스스로는 그런 생각을 하고 있지 않겠지만.

"스스로를 '인디'라고 부르는 밴드는 아무도 없죠. 국내 음악에서 인디라는 용어는 강헌 선생이나 평론가들이 만들어 준 거잖아요? 한때는 산울림을 한국 펑크의 시조라고 했던 평처럼 당시에 인디로 구분되어 불리던 밴드들에게선 거기에 대한 거부감이 많았는데, 지금은 좀 생각이 달라졌어요. '아, 이 사람들이 언론이 주목해 줄 만한 키워드이자 홍보 포인트를 짚어 주려 했던 거구나' 하는 생각이 드는 거죠. 저희는 그걸 잘 몰랐던 것 같아요. 지금 이른바 '인디 음악' 신의 형편이 하나도 나아지지 못한 것은 현재의 평론이 지지부진한 것과도 연관이 있는 것 같아요. 모름지기 당대의 평론은 전 세대 평론가들을 비판하는 동시에 새로운 패러다임을 만들어 줘야 하는데, 그런 것을 못 만들고 있고, 그런 능력도 안 되는 것 같아요. 언론이 주목할 만한 키워드 또한 못 만들고 있지요. 이런 맥락에서 저는 인디라는 표현을 오히려 의식적으로 쓰고 있어요. 인디라는 표현조차 없으면 저희 같은 음악들은 입에 오르는 것조차 힘드니까요."

그렇다면 '인디'라는 라벨링으로 시장에서 어떤 식의 덕을 볼 수 있는 걸까?

"어쨌든 간에 그거라도 있으니까 주목을 받고 있다고 생각해요. 어떡해서든 홍보할 수 있고, 혹시나 음악적 완성도 등이 미흡하면 면죄부라도 받을 수 있는 여지가 있어야 하니까 말이죠."

그런 의미에서 인디라는 말은 미성숙한 아마추어 음악이라거나 지역적으로는 홍대라는 거점을 중심으로 퍼져 있는 클럽, 공연장에서 듣는 음악이라는 이미지를 떠올릴 수도 있을 것 같다. 하지만 ABTB는 물론이고, 혁오, 새소년 등 한국 대중음악사에 남을 만한 높은 완성도의 음악을 하는 팀이 많다.

"그건 '라벨'의 내용에 대한 건데, 저는 그 싸움에서는 졌다고 생각해요. 인디 신의 가장 초창기 때는 반반이었거든요. 80년대 메탈 밴드들이 실력 없고 미성숙한 음악들을 지적하며 '우리는 인디가 아니라 언더그라운드'라고 주장했지요. 그다음 시기에는 '인디라는 것은 대한민국에서 가장 진보적인 음악'이라면서 트렌드를 제대로 캐치하는 관점에서의 음악이라는 인식이 있었는데, 그게 또 퇴색해 버렸어요. 이젠 모든 인디들이 메이저 시장과 무대를 노리는 상황이 됐고요. 이런 상황에서 ABTB 존재의 의미는 인디라는 긍정적인 가치를 강조해야 하는 입장이라고 봐요. 지금의 밴드 신이라는 자체가, 창작이라는 자체가 모호한 개념이 되어 버렸어요. 엄밀히 말해 창작이라는 게 없는 상황이거든요. 샘플링이 안 되는 경우 당장 지금 신에선 대중적인 성공이 힘들어요. 아이러니하지만, 이제 '인디'라는 라벨은 확장을 막는 굴레라기보다 지명도를 얻기 위한 동아줄이라고 보고 있죠. '인디'라는 라벨 때문에 음악을 하지 못할 정도면 음악을 하지 말아야지요. 관건은, 내가 사람들에게 먹힐 만한, 혹은 사람들에게 먹히지 않아도 어떤 기준이 될 수 있는 음악을 만드는 것이라고 봐요. 그런 면에서 '인디'나 '언더' 같은 것은 중요하지 않아요."

그리고 티셔츠. 박근홍이 아끼는 뮤지션 티셔츠도 있을까? 그리고 뮤지션에게 다른 뮤지션의 티셔츠는 어떤 의미일까.

"무엇보다 펄 잼의 마스코트 같은 '스틱맨Stick Man'이 있는, 지금 입고 있는 이 티셔츠를 좋아합니다. 90년대 국내에선, 뮤지션의 티셔츠는 거의 없었고, 특히 펄 잼 같은 마이너 밴드의 티셔츠는 정말 구하기 힘들었어요. '아, 저 티셔츠 정말 갖고 싶은데' 생각하던 차에, 제가 대학 때 활동했던 밴드의 기타리스트가 이 티셔츠를 갖고 있었어요. 등 뒤에 세트리스트까지 새겨진 디자인인데, 그냥 훔칠까 생각했을 정도로 부러워했어요. 게이트 플라워즈 시절에 한 팬께서 이 티셔츠를 선물해 주셨어요. 정말 고마운 기억입니다. 그런 사연 때문에 저는 이 티셔츠를 제일 아낍니다. 그리고 하나 더하자면 퀸의《Flash Gordon》앨범 티셔츠도 좋아해요.

저 같은 경우엔 뮤지션 티셔츠를 구하기 어려운 시절을 겪었기 때문에, 제가 옷을 산다고 하면 이런 티셔츠가 우선이었죠. 지금은 제 모친께서 걸레로 쓰시는 사운드가든의《Black Hole Sun》앨범 이미지가 새겨진 티셔츠를 구하기 위해서 애썼던 추억이 있어요. 지금 젊은 세대들이 아이언 메이든이나 메탈리카의 이미지가 새겨진 티셔츠를 패션 이미지로만 소화하는 것이 조금은 서글프기도 하고요."

ABTB의 밴드명을 타이포그래피로 활용한 로고 디자인이 전문가의 솜씨로 보인다. 2집 출시도 했으니 또 다른 디자인의 ABTB 티셔츠를 낼 생각은 없을까.

"사실 그게 저희가 돈을 좀 들인 결과물입니다. 예전에 '붕가붕가레코드'에서 많은 작업을 하셨던 김기조 씨가 작업을 하셨어요. 장기하와 얼굴들 같은 잘 알려진 밴드의 고유 서체를 만드신 분이죠. 그분을 어렵게 섭외했는데, 상대적으로 염가에 해 주셨어요. 그리고 티셔츠는 만들고 싶기는 한데 단가나 재고 관리 등의 문제 때문에 쉽지 않을 것 같네요."

최근에 발표한 2집 《Daydream》의 가사를 살펴 보면 전작보다 비관적인 시선이 더 많이 읽힌다. 멤버들도 이런 일관된 주제를 염두에 두고 함께 곡 작업을 할까?

"일단 앨범의 콘셉트나 가사를 제가 만들어요. 그리고 그 내용을 멤버들과 공유하고, 멤버들은 그걸 바탕으로 곡 작업을 하죠. 이번 앨범에 수록된 소설도 그 콘셉트를 바탕으로 드러머 강대희가 쓴 것이에요. 다만 수록된 소설이나 만화는 2차 창작물이기 때문에 제가 생각한 것과 다른 부분도 있어요. 비관적인 시선이 강조된 건 2집이 '지금 여기를 사는 인물'이라는 통일된 설정이라서 더 그런 면이 있는 듯합니다. 일부러 더 비관적인 가사를 쓰려고 한 것은 아니에요."

이번 2집으로 팬들에게 보여주고 싶은 가장 큰 매력은 무엇이고, 데뷔 앨범 이후 밴드가 거둔 성취, 혹은 진화는 무엇일까.

"1집보다 더 나은 앨범을 만들어야 한다는 압박이 분명히 있었습니다.

그리고 그 방법에 대해서는 멤버 간 설왕설래가 좀 있었죠. 저는 ABTB의 연주력을 좀 더 보여줄 수 있는 방향으로 가야 한다고 생각했습니다. 〈nightmare〉나 〈daydream〉 같은 곡은 명백히 그런 의도로 만들어졌습니다. 다행히 멤버들이 호응해 줬지요. 기타리스트 황린이 1집과 달리 앨범 전 곡에 깊이 참여한 덕분에 곡의 일체감이 살아났습니다. 여기에 믹스를 담당한 타이탄 스튜디오의 오형석 감독님의 노고도 빼놓을 수 없고요. 콘셉트 앨범이라는 수식어에 걸맞은 일관된 서사 전개, 그리고 그 서사에 감정을 담은 록 음악 본연의 폭발하는 에너지, 그 에너지를 표현한 정교한 연주가 《Daydream》의 매력이자 그동안 밴드가 이룬 진화라고 생각합니다."

마지막으로, 그에게 음악에서의 '태도'란 무엇일지 물었다.

"예술가라는 자의식이 매우 중요한 것 같습니다. 제가 표절에 민감한 것도 그런 생각 때문이고, '샘플링'도 예술의 일부입니다만, 저는 그것이 좀 언짢긴 해요. 한편 '태도'라는 것이 없으면 솔직히 저희는 아무것도 아니죠. 이 예술로 돈을 버는 것도 아니고, 명성을 얻는 것도 아니잖습니까. 그러면 내가 이걸 왜 붙잡고 있어야 하는지, 이유 하나는 있어야 해요. 요즘 음악 하는 친구들 중엔 이게 아니어도 되는 친구들이 있긴 한 것 같아요. 물론 그게 그분들의 태도라면 태도겠지만. 제가 밴드를 그만두지 못하는 이유가 그거예요. 아무 성과도 없는데 왜 하느냐, 그런 질문에 대한 답 말이죠."

《daydream》

2016년에 밴드의 동명 타이틀로 발표한 1집《Attraction Between Two Bodies》이후 약 4년 만인 2020년 5월에 발표한 2집이다. 주요 온라인 음원 사이트의 록 부문에서 선전했으며, 예정되었던 공연은 코로나 바이러스 사태 때문에 유튜브 실황으로 대체되었다.

총 열 곡이 수록되어 있는데, 제목이 전부 한 단어다. 곡의 가사는 1집보다 전달하는 메시지가 직접적인데, 시대와 사회, 음악과 예술 주변에 걸쳐 있는 모든 환경에 대해 한 명의 자아가 저항하는 독백이자 시로 읽힌다.

모든 곡이 하드 록이고, 1집보다 폭 넓은 스펙트럼이 펼쳐진다. 첫 곡 〈nightmare〉부터 앨범 전체의 서사가 손에 잡힌다. 여느 때보다 카랑카랑한 박근홍의 금속성 보컬과 황린의 풍성한 멀티 기타 트랙, 그리고 장혁조와 강대희의 가공할 만한 공격적인 리듬 전개엔 AC/DC와 드림시어터의 느낌이 버무려져 있다. 〈my people〉에는 맛깔나는 그루브와 블루스가 있고, 〈a-void〉에는 1980~90년대 팝 감성이 녹아든 '뉴트로' 록 코러스가 있다. 〈인정투쟁〉은 모든 신의 가짜들에게 진정성 있는 사자후를 날리는 헤비메탈 곡이며, 〈paradox〉와 〈tainted〉는 실망과 허무에 찌든 자아를 멜로디 넘치는 미드 템포의 록으로 토로한다. 무엇보다 앨범의 백미는 〈daydream〉이다. 피처링으로 참여한 기타리스트 신윤철의 3분에 가까운 블루지한 솔로 연주와 이를 꿋꿋하게 받쳐주는 강대희의 드럼 연주가 장대한 도입부를 연출하더니, 장혁조의 긴장 어린 베이스가 2막처럼 노래의 맥을 바꾼다. '기승전결'이 아니라 '전기승결'의 구성으로 드라마가 완성되는 느낌이다.

절망을 대하는 체념, 그러나 포기하진 않으려는 묵직한 정체성. 여기에 치밀하고 욕심 넘치는 연주력. '한국 록'이라는 지역성에 가둬 두지 않아도 될 명반이다.

천천히, 나지막이
광폭하는 시간

슬로다이브, 2017년 지산

당신의 사랑을 주세요.

그것은 궁금한 사랑

불타고 미끄러지듯

궁금한 질주

당신의 마음을 주세요

내 사랑과 나는 떠나요

그것은 궁금한 슬픔

- 슬로다이브, 〈Slomo〉 가사 중

#오늘의티셔츠

인생 버킷 리스트 중 하나는, 언젠가 모아온 티셔츠, 그중에서도
아끼는 스무 벌 정도를 챙겨서 낯선 여행지에서 그걸 입은 내 모습을
사진으로 찍어 남기는 것이다. 운 좋게도 주변에 사진을 업으로 하는
친구들이 있다. 큰 꿈이야 유럽이나 아메리카, 오세아니아의 '와일드
와일드 웨스트'이겠지만 아무래도 언감생심. 그나마 1박 2일 정도의
티셔츠 촬영 여행을 늘 오늘내일하며 생각만 하고 있다. 그리고
그 프로젝트를 위해 항상 염두에 두고 있는 곳이 바로 제주도다.
몇 년 전, 제주도로 가족 여행을 떠나며 나는 뮤직 티셔츠만 챙겨 갔다.
첫날은 메밀꽃이 만개한 보롬왓에서 '슬리터 키니Sleater-Kinney'를
입었고, 둘째 날 애월에선 '비치보이스'를, 셋째 날 섭지에선
'벨벳 언더그라운드'를 입었다. 부슬비가 내리던 마지막 날,
우도에서 나는 슬로다이브 티셔츠를 입고 있었다. 그때 찍은
사진 한 장이 꽤 마음에 든다. "얼굴 말고, 티셔츠에 포커스를 맞춰서
찍어줘!"라는 주문에 걸맞게 나의 얼굴은 렌즈와 상관없이 어정쩡하게
웃고 있다.
부슬비가 내리는 바닷가, 세찬 바람에 휙휙 누웠다 일어나는 억새와
오름, 그런 제주에서 티셔츠 사진을 찍으면 곧잘 마음에 드는 이미지가
나왔다. 그때의 가족 여행 이후, 난 제주도를 내려갈 때마다 일종의

루틴이 생겼다. 공항에서 렌터카를 몰고 남쪽으로 내려갈 땐
비치보이스를, 그리고 서귀포에서 남서쪽의 해안도로를 천천히
드라이브할 때는 어김없이 슬로다이브를 듣는다.
그리고 입는다.

#티셔츠로케장소는제주도 #서귀포의슬로모

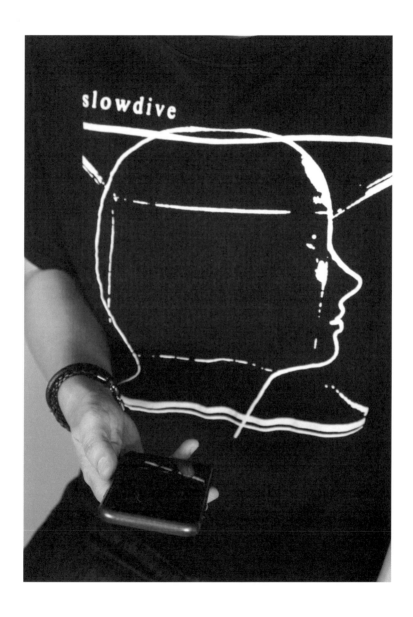

2017년 6월 어느 날, 자정이 넘은 시각. 어두운 거실의 소파.

언젠가부터 잠들기 전 습관처럼 되어버린 유튜브 서핑. 알고리즘이 제안하는 영상. 새삼 새로울 것도 없는 시간과 장소, 습관. 그런데 유튜브의 머신 러닝은 이날따라 나를 곁길로 끌고 갔다.

슬로다이브Slowdive.

미국의 공영라디오 NPR에서 공연장이나 녹음실이 아닌 길거리, 공원, 강변, 교회, 빌딩에서 라이브를 하는 '필드 레코딩Field Recording'이라는 채널에서 슬로다이브가 22년 만에 발표한 컴백 앨범 《Slowdive》에 수록된 〈Sugar for The Pill〉을 연주하고 있었다. 여백을 뚫고 나오는 명징한 기타 리프. 누웠던 몸을 바로 일으켰다. 그리고 이어지는 담백함, 아끼듯 절제하며 풀어내는 멜로디, 탄탄한 리듬. 꿈같은 4분 30초가 지나갔다.

　슬로다이브는 1989년 결성 당시부터 이른바 '슈게이징shoegazing' 장르의 선구자 격으로 평가받던 밴드로 영국 모던 록에 남다른 관심을 가졌던 사람들에게는 놓칠 수 없는 그룹이었다. 그럼에도 이 팀의 음악을 잘 모르고 지냈던 건, 이 슈게이징이라는 장르에 대한 나의 사소한 편견과 1995년 이른 해체 때문이었다. 갖은 이펙터를 활용해 노이즈 잔뜩 묻힌 기타 소리에 보컬은 들릴 듯 말 듯하고, 이들의 장르명이 유래된 대로 마치 신발shoe만 응시하는gaze 듯한 무대 매너가 내게는 어딘가에 담을 쌓고 그 안에서만 있자고 하는 자폐적인 음악 같았다. 주변의 적극적인 추천으로 슈게이징 장르의 대표격인 마이 블러디 밸런타인My Bloody Valentine의 《Loveless》를 사서 들어봤다가 개운치 않은 느낌만 남은 경험도 있다. 진득진득 마구 색이 입혀진 데다 의미가 잡히지 않는, 추상도, 구상도 아닌 애매한 유화를 보는 느낌이었다.

　지나치게 자의적인 감성들이 두서없이 휘발되고 소모된다. 밴드의 노고는 배경음악이나 특정한 사운드 이미지 같은 의도된 목적과 효용으로만 쓰인다. 개운치 않은 첫인상 때문에 반발심이 생겼다. 그런데 그런 사운드의 감수성을 좋아하는 이들이 적지 않았다. 대개의 슈게이징 음악은 '드림 팝Dream Pop'이나, '앰비언트Ambient'라는 이름으로도 불리기도 하는데, 어쩌면 전형적인 록 개념을 탈피하고자 했던 젊고 감수성 예민한 아티스트들이 차려 냈던 대안이었을지 모른다. 그래서 요즘 홍대 인근 카페에 가면 이 장르에 멜랑콜리한 달콤함을 얹어 지금 세대에 어필하는 시가렛 애프터 섹스Cigarettes After Sex의 음악이 자주 나오는 것 같기도 하다.

젊었을 때의 재기 넘쳤던 슬로다이브를 놓치고 20여 년 만에 재결성한 농익은 노장들의 새 앨범을 들었다. 그 첫 만남으로부터 채 2주도 지나지 않아 반가운 소식을 들었다. 2017년 지산 밸리록페스티벌의 라인업에 이들의 이름이 올라 있었던 것이다. 어떤 아티스트의 음악에 관심과 열정적인 호의가 생겨나는 여정에는 항상 작은 우연이 작용하기 마련이지만, 자의식 강한 팬은 그 우연을 운명으로 받아들인다.

그리하여 나는 운명적으로 경기도 이천으로 향했다. 마을 초입에는 '2017년 지산 록페스티벌 개최를 환영합니다 - 마장면 이장단과 지역발전협의회'라는 살갑지만 갑갑한 격식이 느껴지는 플래카드가 걸려 있었다. 지산 리조트 주변 마을 상인들은 사흘간의 짧은 일정이나마 젊은 관객들이 많이 와서 숙박하고 열심히 먹고 마시며 지역 경기를 활성화시켜 주기를 바랐겠지만, 록페스티벌을 보러 온 사람들의 수는 예년에 비해 눈에 띄게 줄어 있었다. 어쩌면 이것이 현재 록 음악이 청자를 오프라인으로 끌어낼 수 있는 최대한일지도 몰랐다.

안개가 가득 들어찬 지산 계곡에는 부슬비마저 날렸다. 덕분에 예년의 무자비했던 폭염은 자취를 감추었고, 당일 라인업에 이름을 올린 로드Lorde와 슬로다이브의 신비로운 색깔에 걸맞은 최상의 분위기가 조성되었다. 다음 날의 헤드라이너는 시규어 로스Sigur Ros. 이른 바 '지산표' 감동이 차오르는 데 최적화된 상서로운 전조였다.

해외 팀들의 내한 공연 티셔츠, 국내 미 발매 음반 등 굿즈가 유난히 풍성하게 준비되어 있었다. 대부분의 밴드들이 저마다 '2017 Jisan Valley Rock Festival, Korea'를 프린트한 참신한 디자인의 티셔츠를 직접 공수해 왔다. 나는 주저 없이 쓸어 담았다. 슬로다이브의 티셔츠는 컴백 앨범 《Slowdive》의 커버 디자인이 프린트된 것으로, 검은 색 바탕에 여자 얼굴의 흰 실루엣이 표현주의식으로 그려진 아트워크였다. 미국의 아방가르드 비주얼 아티스트 해리 에버렛 스미스Harry Everett Smith의 애니메이션 영화 「Heaven and Earth Magic」에서 가져 온 이미지라는데, 실험 정신에서 영감을 구하고자 했던 밴드의 취향이 담기지 않았을까 짐작했다.

구입한 티셔츠로 갈아입고 슬로다이브의 무대로 다가갔다. 마치 기계 정비공이 쓸 법한 모자를 쓰고 덥수룩한 수염과 수수한 재킷 차림을 한 프런트맨 닐 할스테드Neil Halstead가 기타를 들고 등장했다. 보컬과 건반의 레이첼 고스웰Rachel Goswell의 키보드 위에 놓인 노란색 오리 인형의 역할은 무엇일까. 첫 곡이 연주되자 잠시 비가 그쳤다. 이들의 초창기 곡 〈Slowdive〉였다. 크리스천 새빌Christian Savill과 닐 할스테드가 함께 뽑아내는 기타 리프가 지산의 계곡으로 나지막이 퍼져 나갔다. 다음 곡은 새 앨범의 대표곡 〈Slomo〉. 기타 소리는 피리 부는 사나이처럼 무아지경의 관객들을 어디론가 이끌었다. 무대를 휘감는 멜로디, 사이키델릭한 소음, 포크 송을 읊조리는 듯한 보컬, 곧이어 따라붙는 화음과 백보컬. 이들의 정적인 무대 연주에서 나오는 사운드는 천천히, 그리고 나지막이 흐린 날의 오후 공기를 예열하며 감정을 어딘가로 한껏 상승시켜 주었다. 몸은 평온하나 마음은 한껏 고무된 옅은 흥분 상태. 그것이 지속되는 광폭의 시간. 불균형의 역설로 빚어진 창작물에서 더 큰 매력을 느낄 때가 있다.

슬로다이브의 2017년 발매 앨범 《Slowdive》의 CD 앨범 앞 스티커에 붙은 미국의 온라인 음악 전문 매체 '피치포크Pitchfork'의 코멘트를 보니, 가히 그 수사가 이제 역전의 노장이 된 이들의 새로운 성취를 표현하는 데 더없이 적절했다.

"우려먹지 않으면서 예전 방식을 떠올리게 하는 형식으로 그들은 여전히 열정적인 폼에 충실하다."

익숙한 방식의 여행, 익숙한 일상에서 진부한 기분에 빠져들거나 진부한 감정을 우려먹지 않기 위해 나는 슬로다이브를 입는다. 그럴 땐 꼭 제주도 남쪽 해안이 아니라도 좋다. 묵혀 두었던 장소에서 불쑥 새로운 감정이 생겨나기도 하니까.

《Slowdive》

    1995년 《피그말리온Pygmalion》 이후 22년 만인 2017년에 발표한 네 번째 스튜디오 앨범이다. 피치포크는 이 앨범이 그동안 들려줬던 그 어느 작품보다 나을 뿐 아니라, 최대한의 볼륨으로 슈게이징 음악을 선사한다고 평가했다.

    지나치게 많이 걸린 기타 이펙트와 뭉개진 보컬의 사운드 조합이 하나의 이질적인 덩어리로 다가왔다면, 그래서 슈게이징이라는 장르의 감상을 막았다면, 이 앨범은 슈게이징을 다시 응시하는 우회로가 되어 준다. 슬로다이브가 여느 슈게이징 밴드와 다른 부분이 있다면, 그들의 멜로디가 포크의 감성에 맞닿아 있다는 점이다. 첫 곡 〈Slomo〉부터 제목의 쓸쓸한 이미지 그대로 깊이 있게 음유하는 마지막 곡 〈Falling Ashes〉까지, 때로는 희열에 벅찼다가, 역동하는 감정을 느꼈다가, 점차 감정을 추스르며 사색에 이르는, 천천히, 나지막이 광폭하는 시간은 45분 58초다.

'여러분, 저 먼저 좀 쩔게요'
이완의 그루브

맥 드마르코, 2018년 광나루

때로는 내 사랑이 잠시 멈춰 버려도

때로는 내 가슴이 지독히 식어 버려도

그런 시간은 왔다가 가 버리죠

내가 살아가는 한 당신이 알아야 할 모든 것은 말이죠

이 늙다리는 결코 잊지 않는다는 겁니다

우리가 함께했던 모든 것들

그리고 앞으로 함께할 모든 것들

내 심장이 가슴속에서 두근거리는 한

이 늙다리는 잊지 않습니다

- 맥 드마르코, 〈This Old Dog〉 가사 중

#오늘의티셔츠

어느 흐린 주말, 실로 오랜만에 꿀 같은 낮잠을 잤다.

불과 지난 해까지만 해도 어디 푹신한 곳에 기대기만 하면 '순간 낮잠'의
달콤함을 누렸건만, 이젠 그 빈도가 점점 줄어든다. 경험해 본 이들이면
공감하겠지만, 억지로 낮잠을 청하다가 얕은 가수면 후에 일어나면
외려 몸만 더 찌뿌둥해지고 기분도 좋지 않다. 그래서 이 낮잠 불면증에
내 나름대로의 민간처방을 다양하게 시도해 봤다. 그 결과 꽤 잘 먹히는
방법을 찾아냈다. 먼저 점심을 먹은 후에 빨래를 널고 집 안 청소를 한다.
그리고 소파에 앉아 따뜻한 차를 한잔 마시며 책을 펼친다.

영화 평론가 정성일의 글이나 제프 다이어의 소설, 혹은 번역 상태가
안 좋은 예술 평론서면 더욱 좋겠지만, 대개 아무 책이나 상관없다.
가장 중요한 건 음악이다. 초기에 가장 주효했던 것은 빌 에반스의
《Sunday At The Village Vanguard》였는데, 수면 신경을 담당하는
나의 간교한 뇌에 "이봐, 그런 음악으로 괜히 애쓰지 마"하는 식의
개별 의식이 작용하여 내성이 생기는 바람에 그의 섬세한 피아노
연주조차도 요령부득이 되었다.

그러다 어느 날, 우연히 맥 드마르코Mac DeMarco의 노래를 듣다가 까무룩
잠이 들었다. 그 음악의 장르마냥 기분 좋게 '칠아웃chillout'된 것이다.
나는 그래서 맥 드마르코의 티셔츠는 주로 외출할 일이 없는 주말에

입는다. 그 티셔츠를 입고 소파에 기대어 그의 앨범 중 초반 삼분의 일
정도를 듣다가 달콤한 낮잠에 든다. 그리고 일어나 개운한 기분으로
바닥에 떨어져 있는 책을 정리하고 그 복장 그대로 동네 앞 단골 카페로
가서 카페라테 한잔을 마신다. 이 '칠아웃'의 루틴은 어김없이 즐겁다.
다행히 나의 간교한 뇌조차도 아직까지는 내성을 보이지 않는다.
그리고 무엇보다 그의 최근 앨범 《Here Comes The Cowboy》가
전작들보다 더 늘어지는 그루브라 든든하다. 마치 코알라 앞에 널린
유칼립투스마냥.

#낮잠을위한음악과티셔츠 #칠아웃의효용

"저렇게 이상한 사람이 어떻게 이토록 순수한 음악을 만들지?"

미국 NBC의 인기 심야 프로인 「지미 팰론의 투나잇쇼」에 나와 〈One More Love Song〉을 부르는 맥 드마르코의 공연 영상에 달린 최고 공감 댓글이다. '이상한 사람'과 '순수한 음악'이 상반되는 요소라고는 할 수 없지만, 이 이질적인 두 조합으로 만들어진 음악은 확실히 특별하다. 그래서 이상한 늙다리 맥 드마르코에게 붙은 수식은 '슬래커 록Slacker Rock의 왕자'다.

그에 대한 인상은 대체적으로 비슷하다. 다소 후덕한 풍채에 노련한 미소, 결코 근사하지 않은 중년 아저씨. 하지만 이 모든 인상을 뒤엎는 그의 나이는 서른. 1990년생이다. 하지만 그 사실을 알고 본다 해도 최소 열 살은 더 들어 보이는 외모에, 아티스트라면 으레 있을 법한 예민한 구석이나 불만의 기색도 전혀 보이지 않는다. 긴장감은커녕 외려 너무 이완돼 있어 혹시 약의 힘(?)으로 지탱하는 건 아니냐는 농담 섞인 평도 있다.

2018년 여름, 그가 내한 공연에 가지고 온 기념 티셔츠를 보니 슬그머니 웃음이 났다. 티셔츠에도 여실히 그런 인상이 담겨져 있었던 것이다. "안녕 토니Hello Tony"라는 문구 위로 한 남자가 의자 위에 널브러지듯 누워 있다. 그 '토니'가 딱 맥 드마르코의 또 다른 자아가 아닌가 싶을 정도로 느슨하다. 아니, 느슨하다기보다 주체할 수 없이 술을 마신 뒤 노숙의 지경에 이른 듯 싶기도 하다.

본인의 음악을 좀 더 인상적이고 효과적으로 포지셔닝하기 위해 특정한 콘셉트를 정하는 뮤지션들이 있다. 그 콘셉트를 더 재미있게 전달하기 위해 스스로 캐릭터가 되어 만들어진 이미지를 연기하며 일관성을 지켜 나가기도 한다. 이를 디스코그래피 전반에 걸쳐 전략으로 삼는 아티스트도 있고, 특정 시기별로 정체성에 변화를 주며 새로운 캐릭터를 보여주려는 아티스트도 있다. 맥 드마르코는 당연히 하나의 캐릭터를 몰고 나간다. 그런데 흥미로운 점은 내가 보고 있는 이미지가 기획되고 관리되는 전략인지, 정말 본인 모습 그대로인지 구분되질 않는다는 것이다. 그는 정말로 팬들의 눈치 따위는 보지 않는 것 같다.

한때 인기를 끌던 한 음악 전문 방송의 오디션 프로그램에서 심사를 하던 유명 가수가 발라드 곡을 애절하게 소화한 어떤 후보자에게 이런 심사평을 남겼다.

"잘 들었습니다. 그런데 감정에 지나치게 몰입해 보여서 그게 좀 걸려요. 프로는 말이죠, 설사 본인이 그 강렬한 감정을 음악으로 전한다 해도 관객보다 더 그 감정을 넘어서면 안 되거든요. 절정의 순간에는 외려 냉정함을 유지할 수 있어야 합니다. 슬픈 노래를 부르면서 정작 관객은 울거나 아직 몰입하지 못했는데, 가수가 먼저 울어버리면 안 되는 거죠."

관객의 반응에 개의치 않고 본인의 감성으로 먼저 뛰어들어 관객보다 먼저 취해 버리는 아티스트들이 있다. 슬픈 감성이 과해져 곡 전반을 이른바 '우워우워' 소몰이 창법으로 누비던 가수들이나, 아직 감흥이 일지 않는 관객들에게 "계속 앉아만 있을 건가요?" "소리 질러!"하는 식으로 관성적 '스피릿'이나 '애티튜드'만 내세우는 가수들도 있다. 그냥 있다기보다는 다반사다. 호의를 품고 간 공연이라도 '감성 제스처'의 선제공격을 당하면 당혹스럽다. 호감이나 애정이 생기려다 만다.

밴드 혁오의 오프닝이 끝나고, 맥 드마르코와 그의 밴드 멤버들이 등장했다. 〈On the Level〉을 첫 곡으로, 2017년에 발매한 앨범 《This Old Dog》의 수록곡들을 내리 연주해 나갔다. 앨범의 감성 그대로가 무대에서 재현되자 팬들도 만족스럽게 몸을 움직였다. 긴장이 빠져 적당히 풀어져 버린 분위기를 공연장 안의 모두가 나눠 가졌다. 미드템포의 곡 흐름에 기타와 건반이 자아내는 사이키델릭한 멜로디, 맥의 덩실덩실 흐느적대는 율동에다 다소 리버브된 마이크. 그만이 만들어 낼 수 있는 '이완의 그루브'였다.

　공연의 정점에 다다르면서 느슨한 분위기 속 그 이완의 그루브가 돌연 예상치 못한 방향으로 흘러갔다. 공연 내내 맥주와 양주를 번갈아 마시며 연주하던 맥과 밴드 멤버들이 무대를 졸지에 차력 쇼 행사장처럼 만들어 버린 것이다. 술에 취한 것이 분명해 보이는 맥 드마르코는 상의를 벗어젖히고 입고 있던 반바지를 가슴팍까지 한껏 끌어올려서 프로레슬러처럼 무대 위를 쓸고 다녔다. 그리고 건반의 알렉 민은 심지어 구토를 하는 지경에 이르렀으며, 드러머 조 맥머레이는 거구의 몸을 객석에 날리는 등 우발적 사고인지 의도적 퍼포먼스인지 모를 풍경이 연출됐다. 그 모호하고 아슬아슬한 상황이 불편한 관객들은 자리를 떴고, 다행이라고 해야 할지, 불길한 예감에 사로잡힌 관객들의 동요 따위 개의치 않고 공연은 앙코르까지 무사히 이어졌다.

　관객보다 더 깊고 거나하게 취했던 아티스트를 음악과 퍼포먼스를 음미하는 차원을 넘어 돌발 사고를 염려하며 아슬아슬 지켜보아야 했다. '원래 저런 상태까지 가는 걸 몰랐단 말이야?'라고 미리 귀띔이나 들었으면 좋았을걸. 의도된 설정이었건, 현장의 우연이었건 맥 드마르코가 던져 준 음악과 감성은 고스란히 그 자리에 남았다. 그의 음악에 달린 '칠아웃'이나 '사이키델릭', '로파이lo-fi' 같은 분류표들은 그가 듣는 사람을 위한 음악뿐 아니라 자신부터 즐거움에 빠지는 음악을 한다는 안내 문구는 아니었는지 모르겠다. 그는 음반을 만들 돈을 벌기 위해 의학 임상 실험에 참가하거나 도로 공사 막노동을 했다고 한다. 그렇게 만들어진 음악이 스스로 명명한 '지즈 재즈Jizz Jazz'다.

2018년 7월 28일. 같은 시각 서울의 다른 편에선 켄드릭 라마가 뜨거운 힙합을 날리고 있었다. 광나루에서 맥 드마르코가 날린 시그널은 다소 뜨뜻미지근했다.

"여러분, 저 먼저 좀 쩔께요Guys, Let Me Dope First."

내겐 그렇게 들렸다.

《This Old Dig》

　　2017년에 발표된 맥 드마르코의 세 번째 앨범이다.

　　총 열세 곡이 수록되어 있는데, 〈One More Love Song〉과 〈Moon on the River〉를 제외하곤 2, 3분 정도의 간결하고 담백한 곡들이 40분을 촘촘하게 채운다. 한낮에 들으면 기분 좋은 백일몽을 꾼 느낌이 들고, 밤에 듣자면 가볍게 혼술을 하고 싶어진다. 싱글로 발표한 〈My Old Man〉과 〈This Old Dog〉, 〈On the Level〉, 〈One More Love Song〉 네 곡이 반짝이지만, 들을 때마다 매번 다른 곡들이 번갈아가며 잔상을 남긴다.

　　이십 대 나이에 이런 곡들을 썼다는 게 신기할 정도로 세련되고 여유 있게 허허실실 인생을 읊조린다. 그런데 이게 왜 또 인생 좀 살아 본 사람의 잠언처럼 다가오는 걸까. 힘을 완전히 빼고 부르는 마지막 곡 〈Watching Him Fade Away〉가 지나면, 십중팔구 앨범을 처음부터 다시 듣게 된다.

　　피치포크는 이 앨범을 일컬어 "무엇이 오든 간에 변함없는 사랑과 낭만에 대한 털털한 송가shaggy ode"라고 평했다. 참 한결같은 인상이다.

Track #10

'선데이 블러디 선데이'의
일요일

U2, 2019년 고척돔

나는 높은 산들을 넘어서 왔네

들판을 가로질러 달려왔지

오직 당신과 함께하기 위해

오직 당신과 함께하기 위해

난 뛰어왔고, 기어서 왔네

이 도시의 벽들을 올라갔었지, 이 도시의 벽들을

오직 당신과 함께하기 위해

그러나 나는 아직 찾지 못했네

내가 찾고 있는 것을

- U2, 〈I Still Haven't Found What I'm Looking For〉의 가사 중

#오늘의티셔츠

어떤 뮤지션의 티셔츠를 입고 거리를 나간다는 것은, 적어도 음악 팬의 입장에선 남들에게 자신의 취향을 드러내는 행위일 테다. 그 티셔츠의 주인공이 어떤 음악을 하고 있는지 제대로 알지도 못한 채 그저 그 이미지와 스타일이 마음에 들어 입고 다니는 이들도 있겠지만. 내 옷장 서랍을 차지하고 있는 뮤지션의 톱 3는 메탈리카와 데이비드 보위, U2다. 딱히 이들의 티셔츠를 수집해 보겠다는 의지가 있었던 것은 아니나, 분명 음악 못지않게 그들의 이미지도 생활의 패션 태도로 차용하고픈 바람이 있었나 보다. 메탈 성향의 하드 록, 스타일리시한 팝과 글램 록, 오래된 얼터너티브와 포스트 펑크가 혼합된 록. 이런 티셔츠들로 나는 내면의 터프함이나 나의 스타일리시함, 혹은 참여와 저항의 이미지를 남들에게 드러내고 싶었던 것일지 모른다. 아니면 더도 덜도 아닌 "그저 그들의 열성 팬일 뿐, 무슨 의미가 있겠어? 티셔츠는 티셔츠일 뿐" 하는 태도를 지녔을 수도 있다.

봉준호 감독의 영화 「옥자」가 개봉했을 때 넷플릭스 영화라는 이유로 서울엔 이 영화를 상영하는 개봉관이 많지 않았다. 결국 어린 시절에는 자주 가곤 했지만 성인이 된 후론 한참이나 발길이 뜸했던 서울극장까지 가서야 그 영화를 볼 수 있었다. 극장의 매점에서 팝콘을 사려 줄을 서 있는데 누군가 다가와서 말을 건넸다.

"저기요, 티셔츠 멋져요!"

"아, 네… 감사합니다……."

당황스러웠지만 곧 기분이 들뜬 채로 상영관에 들어갔다. 티셔츠가 멋지다는 말에 취해 영화의 도입부에 제대로 집중하지 못했다.

영화가 끝난 후 극장을 나와 저녁을 먹으러 충무로에 있는 단골 식당인 '진고개'로 갔다. 영화의 잔영 때문에 웬만하면 고기를 먹지 않으려 택한 메뉴가 이곳 대표 메뉴인 양념게장이었다. 열심히 먹던 와중에 게장 한 덩어리를 젓가락에서 놓쳐 버렸다. 그리고 놓쳐 버린 게장은 그날의 '멋졌'던 흰색 티셔츠에 큼지막한 붉은 자국을 남겼다. U2의 《Songs of Innocence》 앨범 디자인 티셔츠였다.

92회 아카데미상 시상식에서 봉준호 감독의 「기생충」이 주요 부문을 휩쓰는 모습을 지켜본 후, 나는 방에 들어와 문득 옷장을 열어 그 '순수의 노래' 티셔츠가 잘 있는지 살펴봤다. 벌건 양념의 자취가 남아 있지 않음에 안도의 숨을 내쉬었다. '게장 사고' 직후 동네 단골 세탁소에서 깔끔하게 조치를 해 주신 덕분이었다.

#취향과순수의노래 #옥자와게장의티셔츠블루스

1988년 서울올림픽의 해, 나는 고3이었다. 자율학습 시간에 한 친구가 새벽에 라디오에서 녹음한 '죽이는 곡'이 있다며 카세트테이프를 꺼냈다. 아카시아 향기가 안개처럼 자욱한 봄밤이었다.

See the stone set in your eyes…….

그걸로 충분했다. 열아홉 소년의 심장이 유난스럽게 뭉클해지기까지는.

일주일을 벼르다 U2의 《Joshua Tree》음반을 구입했다. 〈Where the

Streets Have No Name〉, 〈I Still Haven't Found What I'm Looking For〉에 이어 세 번째 곡 〈With or Without You〉의 전주가 나오자 나는 U2의 모든 것을 받아들이기로 했다.

《Joshua Tree》의 감흥이 어느 정도 잦아들 즈음의 어느 주말, U2의 전도사가 나를 자신의 집으로 데려갔다.

"테이프가 다가 아니야. U2를 알려면 이걸 봐야 해."

1983년 미국 콜로라도 '레드 락스Red Rocks' 야외 공연장에서 열린 'Under a Blood Red Sky' 공연이 녹화된 비디오테이프였다. 비 내리는 늦은 오후의 바위산, 무대를 제외한 대부분의 조명은 곳곳에 꽂혀 있는 횃불이 대신했다. 공연에 비가 와서 걱정되지 않느냐는 질문에 한 남자가 "음악이 좋은 이상 아무 상관없어요. 그리고 오늘 저녁 공연은 훌륭할 겁니다"라고 외치는데, 잔뜩 기대감이 깃든 표정이다. 객석 곳곳에서 U2의 고향인 아일랜드 국기가 흔들렸다. 그리고 사회자의 멘트.

"밥 딜런이 했던 적이 있죠. 그걸 《Hard Rain》* 이라고 불렀습니다. 오늘 여러분 역시 역사의 일부가 될 겁니다. 소개합니다, 아일랜드 더블린에서 온 U2!"

그들은 막 소년기를 벗어난 이십 대 초반의 청년들이었지만, 공연 내내 능숙한 무대 매너로 관중을 리드했고, 안정적으로 노래하는 보노Bono는 어

---

*밥 딜런이 1976년에 비 오는 날 가졌던 공연을 녹음한 앨범

쩐지 노련한 중견 뮤지션 같았다. 에지The Edge의 기타 연주는 그의 이름처럼 두드러지고 독창적이었다. 보노의 보컬에서 간혹 느끼고 기름진 구석이 느껴질 때면 기타는 담백한 소스가 되어 주었고, 직접 보컬을 받쳐 주는 든든한 코러스 역할을 하기도 했다. 백 보컬과 건반까지 넘나드는 에지의 모습은 실질적인 사운드의 주도권이 어디 있는지 가늠하게 했다. 베이스 애덤 클레이톤Adam Clayton은 유순한 외모와 무대 매너로 묵묵히 자신의 리듬 파트를 연주했고, 가죽 재킷을 입은 금발의 래리 멀렌 주니어Larry Mullen, Jr.는 마치 드럼 스틱을 쥔 제임스 딘 같았다. 출중한 외모에 박력 있는 연주. 여성 팬들이 밴드에게 보내는 사랑의 많은 지분이 래리에게 쏠릴 거라 생각했다.

《Joshua Tree》 이후, 그들 행보의 코드는 '야심'이었다. 《Joshua Tree》를 반추하면서 블루스와 포크, 가스펠에 이르는 미국 음악의 역사적 요소를 담아낸 다큐멘터리까지 겸한 《Rattle and Hum》을 바로 다음 해인 1988년에 발표했다. 비평가들에게 낮은 점수를 받았지만 그들은 꿋꿋이 자기 혁신을 시도했다. 실험적 음악 이력으로 유명한 브라이언 이노Brian Eno와의 공동 프로듀싱도 지속됐다. 얼터너티브와 인더스트리얼 록, 일렉트릭 댄스 등의 요소를 넣은 《Achtung Baby》를 발표하며 〈Mysterious Ways〉와 〈One〉을 히트시켰고 비평가들의 호평도 이끌어 냈다. 다음 앨범 《Zooropa》에선 전작의 시도가 이어졌고 〈Numb〉, 〈Lemon〉과 〈Stay (Faraway, So Close!)〉가 주목을 받았다. 〈Stay(Faraway, So Close!)〉는 빔 벤더스 감독의 영화 「베를린 천사의 시」에 쓰이기도 했다. 새롭게 시도

하는 결과물마다 팬들과 시장의 호응이 따라 주었고, 이는 다시 협업에 대한 아이디어의 현실화로 이어졌다.

이들의 커져 가는 명성에 더욱 날개를 달아 준 것은 투어 공연이었다. 특히 1992년부터 1993년에 개최했던 'Zoo TV' 투어에선 다양한 시각 효과와 팝 컬처 비디오 영상과 텍스트 이미지를 전면에 내세웠다. U2 투어 공연에는 볼거리가 많다, 그런 얘기가 팝계의 상식처럼 떠돌았다. 아홉 번째 스튜디오 앨범인 《Pop》을 발표하며 시작된 'Pop Mart' 투어에선 더욱 커진 규모에 엄청난 물량이 투입되었고, 1억 7천만 불 이상의 공연 수익과 4백만 명에 육박하는 관객을 동원했다.

2000년대 들어 밴드는 더더욱 글로벌 슈퍼 밴드로서의 위상을 키워 나갔다. 시대를 읽는 감각이 뛰어났던 보노는 재킷 안에 입고 있던 미국 국기를 꺼내는 퍼포먼스와 함께 2001년 9.11테러로 숨진 이들의 이름을 무대 스크린에 투사하며 미국 관객들로부터 열광적인 호응을 얻었다. 「롤링 스톤」과 「스포츠 일러스트레이티드」, 「USA 투데이」 등 유력 매체들은 역대 슈퍼볼 역사상 최고의 공연이라고 평가했으며, U2는 《All That You Can't Leave Behind》 앨범으로 그해 최고의 록 앨범 상을 비롯해 4개 부문의 그래미상을 거머쥐었다.

2005년에는 대망의 '로큰롤 명예의 전당'에 헌정되었다. 자격을 얻는 바로 그해에 헌정되는 드문 경우였다. 헌정식에서 이들을 소개한 이는 '보스' 브루스 스프링스틴Bruce Springsteen이었다. 그는 13분에 걸쳐 애정 어린 농담을 섞어 U2의 업적을 한껏 치하했다.

"밴드는 우연히 결성되지만, 우연하게 계속 살아남지는 않습니다. (계속 살아남기 위해선) 의지와 의도, 서로 간에 나누고 있는 목표의식, 그리고 멤버 간에 서로의 결함에 대한 관용이 있어야 합니다. U2는 빼어난 음악을 통해 역경을 헤쳐 왔으며, 지난 25년간 각종 음악 차트에서 최고의 자리를 지켜왔습니다."

2017년 새 앨범 《Songs of Experience》를 발표한 직후 「롤링스톤」지는 보노와 10시간여에 걸쳐 특집 인터뷰를 했다. U2가 승승장구하고 있는 이유에 관한, 이를테면 '장수 비결'을 집중적으로 다뤘다. 아티스트와 글로벌 활동가 사이에서 절묘하게 균형을 잡고 있는 역사적으로 보기 드문 뮤지션이면서도 그의 야심이 지나친 욕심이나 탐욕으로 비치지 않는 이유를 묻자 보노는 금욕에 가까운 철학을 설파한다.

"겸손함humility과 불안감insecurity의 차이라고 봐야 해요. 일종의 딴따라로서 저는 불안감을 갖고 있어요. 겸손함은 좀 다릅니다. 겸손함, 즉 겸양이란 세상에서 자신의 입지를 이해하고 다른 이들의 삶을 조용하게 보조하는 역할을 해도 괜찮다는 참된 감각입니다. 전 아직 거기에 도달하진 못했죠. 겸양의 지점까지 가기 위해선 아직 해야 할 일들이 있습니다."

그 무렵《Joshua Tree》발표 30주년을 기념한 'Joshua Tree' 투어 소식이 전해졌다. 북미에서 시작한 투어는 2019년 호주와 아시아 지역으로 확장되었고, 감격스럽게도 서울이 거기에 포함되어 있었다. 예고된 예매 개시일. 수만 명을 수용하는 서울 고척돔 입장권이 순식간에 매진되었다. 그들을 기다려 왔던 최소 사십 대 이상의 '진성' 팬들과, 새 밀레니엄의 슈퍼 밴드 U2를 즐겨왔을 이삼십 대의 젊은 팬들 모두가 뛰어든 집념의 경쟁이었다.

2019년 12월 8일 고척돔. 공연장 입장과 공연 앞뒤에 반드시 지켜야 할 공지 사항이 여러 차례 전달되었다. 메시지의 발신자 'Live Nation'은 2008년 U2와 향후 12년간의 모든 공연을 기획하고 진행하며 수익을 배분하는 조건으로 1억 불이라는 대규모의 계약을 체결한 글로벌 공연 비즈니스 파트너였다. 관객 공지 사항은 관객의 즐거움이나 편의를 위한 것이기보다는 안전사고나 차별 행위 같은 예외적인 상황이 벌어지지 않도록 엄격한 관리에 초점을 맞춘 것이었다. 오랫동안 기다려 왔던 밴드가 갖는 최초의 내한 공연에서 공연 시작 세 시간 전에 입장 대기 줄을 서라는 지침은, 불친절함을 넘어 관객의 즐거움보다는 관리상의 편의만 우선시한 부분이었다. 티셔츠 같은 공연 상품을 공연 여섯 시간 전에 판매하겠다는 메시지 어디에 관객을 위한 배려가 있는 것일까? U2의 공연을 간절하게 기다려 온 팬이니까 적어도 반나절은 온전히 투자하며 기다리라는 게 이들의 공연 상식일까? BTS 같은 슈퍼 아이돌의 글로벌 투어 공연 관람과 굿즈 구매를 위해 공연장에서 노숙까지 하는 팬들이 수두룩하다지만, 그건 자발적인 '팬심'의 발로이지 누군가 시켜서 하는 의무가 아니다. 그러나 어쩌겠는가. 지상 최대의 쇼를 보기 위해 따라야 하는 현실인 것을.

공연 시작은 저녁 7시 30분, 티셔츠 판매는 오후 2시, 예매 번호에 따른 공연장 입장 시작은 오후 4시 30분이었다. 한 시간 정도 줄을 선 끝에 '조슈아 트리 2019, 서울'이라고 프린트된 티셔츠와 후드를 여러 벌 사서 나왔다.

오래전 U2의 공식 사이트에서 티셔츠를 산 적이 있었다. 그중에서도 제일 애착이 가는 아이템이 바로 《Joshua Tree》 앨범의 검은 색 커버가 디자인된 티셔츠와, 보노가 들고 있는 핀 조명을 받으며 기타를 연주하는 에지의 모습이 담긴 《Rattle and Hum》 앨범 디자인 티셔츠였다. U2는 한때 SPA 브랜드의 티셔츠 컬렉션에서도 사랑받던 밴드였다. 이들의 베스트 앨범에 담긴 군용 철모를 쓴 소년의 이미지는 팝아트 반열에 올라 있었다.

관객들 중에는 2017년의 투어 기념 티셔츠나 아일랜드와 잉글랜드 축구 클럽팀의 유니폼 저지를 입은 이들도 있었다. 이들 모두 어떻게든 U2에 대한 자신의 충성도, 연대감을 표현하고 싶었던 듯하다. 대형 투어에 걸맞게 다양한 디자인과 아이템이 구비되어 있었고, 그렇게 티셔츠를 손에 넣는 사이 초겨울의 만만찮은 추위를 한 시간 넘게 버티며 친구들과 나눈 밴드 이야기, 함께 떨고 있는 다양한 사람들을 보는 재미, 공연이나 음악과는 상관없는 요즘 사는 얘기나 소식 등이 티셔츠의 추억에 얽혀졌다.

영상으로 익히 봐왔던, 가로 61미터에 달하는 초대형 LED 스크린에 압도당하고 말았다. 스크린의 왼쪽 한편에 거대한 조슈아 트리의 실루엣이 새겨져 있었고, 그 옆으로 앨런 긴즈버그와 함께 활약한 비트 시인 로렌스 펠링기티Lawrence Ferlinghetti를 비롯해 그들이 공연에서 말하고 싶은 사회적 의미를 담은 시들이 흘렀다. 국내 시인들의 작품도 포함되어 있었다.

그리고 익숙한 목소리가 마이크를 타고 흘러나왔다.

"우린 누가 소개해 줄 필요가 없습니다. 우리 스스로 우리를 소개하겠습니다. 래리 멀렌 주니어!"

보노였다. 곧 래리 멀렌 주니어의 힘찬 드럼이 울리고, 대망의 오프닝곡 〈Sunday Bloody Sunday〉가 시작됐다. 열아홉 나이의 어느 날, 친구와 방에서 함께 감탄하며 봤던 'Under Blood Red Sky' 공연에서 청년 보노가 관객들과 깃발을 휘날리던 그 곡을 서울, 고척돔에서 듣고 있었다. 북아일랜드에서 발생했던 비극적인 유혈 사태를 기리는 이 곡이 정치사회적 분열의 갈등으로 하루도 잠잠할 날이 없는 서울의 일요일 밤에 연주되고 있었다. 보노의 목소리엔 힘과 노련함이 있었다.

우리가 얼마나 오랫동안 이 노래를 불러야 하나요?

얼마나 오랫동안?

왜냐하면 우린 오늘 밤 하나가 될 것이니까요.

이날 공연에선 총 스물네 곡이 연주되었다. 초반 80년대 히트곡 네 곡으로 분위기를 후끈하게 달궜고, 마틴 루터 킹 주니어 목사에 헌정한 곡 〈Pride (In the Name of Love)〉로 그를 추모하고, 공연 당일이 존 레논의 기일이었으므로 관객들에게 그를 기리며 휴대폰 조명을 밝혀줄 것을 요청하기도 했다. 그다음부터는 투어의 핵심 레퍼토리인 《Joshua Tree》 앨범의 수록곡들이 펼쳐졌다. 여는 곡은 〈Where The Streets Have No Name〉. 에지의 쟁글쟁글거리는 기타 리프에 일제히 탄성이 터졌다. 이때부터 본격적으로 공연이 시작되는 느낌이었다. 엄청난 크기의 스크린에 광활한 캘리포니아의 조슈아 트리 평원으로 가는 길과 계곡 영상이 8K 초해상도로 스크린을 채우고, 〈I Still Haven't Found What I'm Looking For〉에 이어 〈With Or Without You〉가 흘러나왔을 땐 내 앞의 어떤 청년이 탈진해서 실려 나가기도 했다.

공연 전부터 U2의 열성 팬을 자처하는 몇몇 전문가 등이 계획된 떼창의 필요성을 계몽하기도 했지만, 이날의 관객들은 본인들이 좋아하는 곡들을 함께 부르며 자연스럽게 음악을 누렸다. 본 무대는 〈Desire〉로 마무리되었고, 이어 앙코르로 여덟 곡이 연주되었다. 그리고 이때 공연 후 여러 언론에서 회자된 장면이 벌어졌다. 《Achtung Baby》 앨범의 수록곡 〈Ultraviolet(Light My Way)〉을 연주할 때, 여성의 권리와 정체성을 위해 싸워온 대한민국의 대표적 여성 인물들의 사진이 대형 디스플레이에 투사된 것이다. 서지현 검사와 구한말 대표적 신여성 화가 나혜석, 바이올리니스트 정경화, 얼마 전 세상을 떠난 배우 설리, 대통령 영부인 김정숙 여사의 모습과 한글로 쓰인 사랑의 메시지가 화면에 등장했다. 미국의 슈퍼볼 공연 때도 보여줬던, 뮤지션으로선 가히 세계 최고 수준의 정치사회학적 영민함을 이곳에서도 역시 재현한 것이다. 이 시대 이 땅에서 가장 민감하게 논의

되고 있는 사회적 주제를 공연과 결합하며 한국사회에 대한 깊은 이해와 적극적인 연대의 태도를 보여주었다. 이들이 왜 아직 세계 무대에서 '쌩쌩하게' 성공을 이어가고 있는지 짐작할 수 있는 대목이었다.

U2는 〈One〉을 부르며 최초의 내한 공연을 마무리했다. 다음 날 청와대를 방문한 보노가 문재인 대통령과 환담을 나누며 "음악은 강력합니다"라는 말을 전했다고 하는데, 어떻게 봐도 클리셰처럼 들리는 이 말 한마디를 여러 매체들이 달려들어 헤드라인으로 받아쓰는 모습을 보며 새삼 그의 정치적 감각과 위상을 인정할 수밖에 없었다.

열네 장의 스튜디오 앨범, 1억 7천만 장 이상의 앨범 판매고, 22번의 그래미상 수상, 로큰롤 명예의 전당 헌액. 더 이상 추가할 이력이 없을 듯한 이 밴드에 비견할 만한 밴드는 롤링 스톤스와 콜드 플레이밖에 없을 듯하다. 게다가 세상을 향한 쉼 없는 참여 정신, 자신들의 현재에 만족하고 우려먹지 않겠다는 금욕적인 의지가 계속 살아 있는 한 하락의 변수가 보이지 않는다. 이들과의 첫 대면이 오래전 레퍼토리인 《Joshua Tree》이긴 했지만, 몇 년 후 '조슈아 트리 2019, 서울' 티셔츠를 입고 'Elevation' 투어나 'Vertigo' 투어의 입장 대기 줄에 서 있을지도 모르지만, 그 음악을 지금 다시 연주하고 언제고 그것을 되풀이해 듣는 것은 앞으로 그들이 보여줄 음악적 의지와 확신을 향한 깊은 신뢰 때문이다.

《Joshua Tree》

　　1987년에 발표한 다섯 번째 스튜디오 앨범. 밴드가 지금까지도 갖고 있는 '아메리카'라는 국가 또는 이상적 땅에 대한 철학과 이미지를 정치, 사회적인 주제를 담아 풀어 낸 음반이다. 디자인에 사용된 이미지는 전부 미국 남부 캘리포니아의 황량한 사막과 평원에서 촬영됐다.

　　결과적으로 어둡고 무거운 모노톤에 담긴 사막과 산맥, 그리고 어딘가 영적인 느낌을 주는 조슈아 나무의 실루엣이 더해져 신비롭고 독창적인 앨범의 이미지가 완성됐다. 사진은 영화 「모스트 원티드 맨」의 연출자인 안톤 코르빈의 작품이다. 발표 즉시 20개국 이상의 차트에서 최고의 앨범에 올랐고, 영국에선 역사상 가장 빠르게 팔린 앨범으로 기록되었다. 「롤링스톤」은 이 앨범으로 U2가 '영웅에서 슈퍼스타'로 격상되었다고 평했다. 총 11곡이 수록되어 있으며, 싱글로 발표된 다섯 곡 중 〈With Or Without You〉와 〈Where the Streets Have No Name〉, 〈I Still Haven't Found What I'm Looking For〉는 1980년대와 1990년대 록 역사에서 꼭 기억해야 할 기념비적인 곡들로 평가된다.

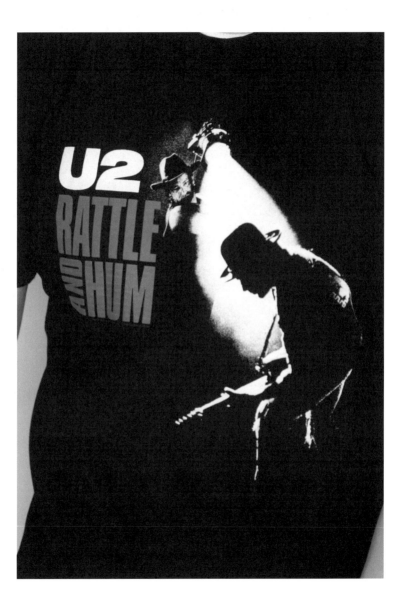

II. 아이콘을 가슴에

새긴다는 것

전설을 입다

지기 스타더스트의 검은별

데이비드 보위

보다 많은 것을 보지만 더 적게 느끼네

'아니오'라고 말하지만 '네'를 뜻하지

이것이 내가 뜻했던 것이야

그것이 내가 보낸 메시지야

모든 것을 줄 순 없지

난 모든 것을 줄 수는 없어

- 데이비드 보위, 〈I Can't Give Everything Away〉 가사 중

#오늘의티셔츠

인스타그램에 올린 나의 뮤직 티셔츠 사진들 중 '좋아요'를 가장 많이
받은 건 단연 데이비드 보위의 티셔츠다. '지기 스타더스트'를 올려도,
'알라딘 세인'이나 말년의 '블랙스타'를 올려도 사람들은 한결같이
호감으로 반응한다. 소셜미디어상에서의 친구 관계라는 게 서로의
취향에 일말의 동질성이 있기 때문임을 인정하더라도, 보위에 대한
이 반응은 새삼 신기하다.
'역시 멋을 좀 아시는군요!'
한껏 소비해도 보위의 이미지는 도무지 식상해지는 법이 없다. 나는
그가 어떤 면에서는 앤디 워홀보다도 더 팝아트를 잘 구현하고 있다는
생각이 든다. 그러한 스타일적인 불멸이야말로 그의 이미지에서 파생된
상품이 왜 여전히 많은 이들로부터 꾸준한 인기를 끌고 있는지에 대한
대답이 아닌가 생각한다.
나는 거의 매일 저녁에 보위의 공식 홈페이지나 온라인 쇼핑몰을
배회하며 맘에 드는 그의 티셔츠와 굿즈를 장바구니에 넣는다. 바로
구매하지 않고 일주일 정도 이상 내버려 두면 알림 메일이 오는데,
대개 그걸 무시한다. 그러면 해당 사이트의 장바구니는 비워지고,
나는 온라인에서의 보위 쇼핑을 다시 시작한다. 결국 쇼핑을 결행하는
타이밍은 월급이나 보너스가 들어오는 날이다. 다소 지루할 수도 있지만

나름대로 작고도 행복한 여정이다. 하루키 식으로는 '소확행'이라
표현할 수 있겠다. 그 '소확행'의 마무리는 보위를 입고, 가장 최근에 산
스니커즈를 신고서 길을 나서는 것이다.

그 발길에는 〈Let's Dance〉나, 〈Heroes〉, 〈Starman〉이 맞춤 음악이다.
그러면 하루가 '글래머러스'해질 것 같은 기분이 든다.

#팝아트와보위 #글래머러스한하루

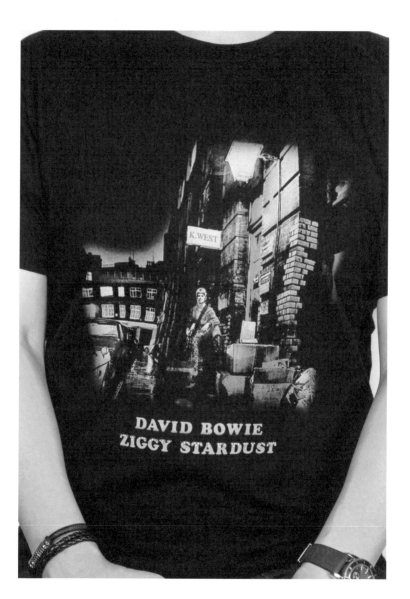

2016년 1월 10일, 역사상 최고로 스타일리시했던 팝의 아이콘, 데이비드 보위David Bowie가 죽었다. 본명 데이비드 로버트 존스David Robert Jones, 사인은 간암, 향년 69세. 마지막 앨범《Blackstar》를 비롯한 그의 모든 앨범들이 각종 순위 차트에 다시 올랐고, 아직 지구에 남은 그의 팬들, 그의 앨범 제목을 빌리자면 '어슬링Earthling(지구인)'들 사이에서 보위를 복기하는 열기가 이어졌다. 테슬라의 CEO 엘론 머스크는 그해 2월, 그의 첫 번째 우주 로켓 '스페이스 X 팔콘'에 테슬라 로드스터 자동차 운전석을 장착해 보위의 노래 제목을 따서 '스타맨Starman'이라 이름 붙인 마네킹을 실어 보냈다. 발사 과정 내내 보위의 〈Space Oddity〉와 〈Life on Mars?〉가 흘러나왔다.

스타맨이 우주로 떠나고 며칠 뒤 '수입물품 사전납부통관 안내'라는 메일이 도착했다. 화성에서 온 편지는 아니었다. 영국 온라인 매장에서 구매한 티셔츠가 세관에 도착했으니 관세를 내라는 메일이었다.

영국의 디자이너 폴 스미스가 보위의 유작 《Blackstar》 발매와 함께 컬래버 에디션으로 디자인한 티셔츠였다. 폴 스미스가 홈페이지에서 밝히길, 보위가 《The Next Day》 앨범을 발표한 2013년부터 컬래보 논의가 있었다고 했다. 웬만한 디자이너라면 욕심냈을 법한 보위와의 협업이 의도치 않게 일종의 유작이 된 셈이다. 그러니 이 한정판의 유혹은 정말 거세질 수밖에 없었다. 보위가 남긴 공식적인 '검은 별'이었던 것이다. 관세 액수가 만만치 않았다. 티셔츠 한 벌에 오만 원 이상은 쓰지 않는다는 나름의 원칙이 있었는데, 티셔츠 세 벌에 브랜드 정장 한 벌 값을 주고 사다니. 하지만 곧바로 이어지는 합리화. 뭐 어쩔 수 있나? 이렇게 된 이상 더더욱 중요한 정표로 여겨야지. 그 티셔츠와 함께 보위의 지상에서의 마지막 해를 기억하게 될 것이다.

그러나 내가 보위를 아이콘으로 받아들이게 된 건 마흔이 넘어서였다. 《The Rise and Fall of Ziggy Stardust and the Spiders from Mars》, 《Aladdin Sane》, 《Young Americans》, 《Low》, 《Heroes》 같은 앨범들을 홀리듯 들었고, 라이브 에이드 공연에서 멋진 금발과 슈트 차림으로 〈Modern Love〉를 부를 때나, 전성기의 프레디 머큐리와 〈Under Pressure〉를 부를 때, 믹 재거와 〈Dancing in The Street〉를 부를 때나 티나 터너와 〈Tonight〉을 부를 때, 지나치게 스타일에만 신경 쓴 비주얼 가수라고 제멋대로 생각했다. 심지어 그가 혼자 돋보이는 게 불만이었다.

'지기 스타더스트', '핼로윈 잭Halloween Jack', '마른 백인공작Thin White Duke'. 그가 시기별로 설정하여 거쳐 온 얼터 에고들은 영원히 해갈되지 않을 정체성에 대한 탐구였던 것 같고, 가끔 그 캐릭터들에서 피곤을 느끼지는 않았나 추측해 본다. 나는 어쩐지 그가 약간 피곤한 표정을 지을 때마다 이 세상 보통 사람의 것이 아닌 듯한 고독을 느끼고는 했다.

"무대 밖에서 저는 로봇 같은 존재에요. (반면에) 무대 위에서는 감정을 얻지요. 그건 아마도 제가 진정한 '데이비드'가 되기 위해 '지기Ziggy'로 분장하는 것이기 때문일지도 모릅니다. '지기'는 몇 년간 저를 홀로 놔두지 않았습니다. 그러다 일이 틀어진 겁니다. 지기가 제 모든 성격에 영향을 미쳤던 것이지요. 아주 위험한 지경에 이르렀고, 저는 정말 제 정신에 대해 의심을 품었습니다."

보위가 듣는다면 분명 역정을 내겠지만, 내겐 음악적 자아와 현실의 자아에 대한 그의 오랜 고뇌를 이해하는 데 도움이 된 일종의 보위 외전이 있었다. 영화 〈캐롤〉과 〈아임 낫 데어〉의 영화감독 토드 헤인즈가 연출한 〈벨벳 골드마인〉. 이 영화는 글램 록 스타가 그가 설정한 캐릭터와의 관계를 정립하는 과정이 잘 묘사되어 있다. 이 영화는 1970년대 영국 최고의 록 스타가 인기의 절정에서 자신의 음악적 캐릭터를 죽이는 것으로 꾸민 암살극 사건을 중심으로 전개된다. 여기에 양성애 취향과 현란한 패션, 약물과 환

각의 에피소드들이 데이비드 보위와 티 렉스의 마크 볼란Marc Bolan, 이기 팝Iggy Pop을 합친 듯한 캐릭터들이 등장한다. 그래서일까, 데이비드 보위는 이 영화가 마음에 들지 않았다. 자신에 대한 그 어떤 자전적 이야기나 음악을 쓸 경우 소송을 불사하겠다고 강력한 엄포를 놓았던 것이다.

보위를 레퍼런스로 차용한 게 아니라는 영화 제작사의 해명으로 일단 락됐지만, 그럼으로써 영화 〈벨벳 골드마인〉은 역설적으로 보위의 전기가 되었다. 아티스트와 음악, 그것을 극적으로 보이기 위한 설정, 연출된 캐릭터에 탐닉하는 팬. 결국엔 아티스트와 팬 모두 서로의 정체성에 혼란을 느끼며 한 시대를 흘려보낸다. 대중에게 노출된 삶을 살아가는 많은 이들이 겪고 있을 이 아이러니를 보위는 연출하고 연기했으며, 그 화려한 스포트라이트 뒤에서 본래의 자기가 누구인지 고민했다.

아티스트 보위가 아닌 뮤지션 보위의 늦깎이 팬이 된 결정적인 계기가 《Blackstar》였으니, 늦어도 한참 늦은 셈이다. 화려한 스타일로만 기억되던 보위가 전부 사라지고, 앨범 제목 그대로 어두운 우주를 헤매는 음악들은 가히 충격적이었다. 그러나 그는 이미 검은 별 우화 속에서 세상과 작별해 버렸다.

커트 코베인이 MTV 언플러그드 공연에서 〈The Man Who Sold The World〉를 불렀을 때, 나탈리 머천트Natalie Merchant가 〈Space Oddity〉를, 자우림의 김윤아가 〈Starman〉을, 웨스 앤더슨의 영화 「스티브 지소와의 해저 생활」에서 브라질의 배우이자 가수 세우 조르지Seu Jorge가 어쿠스틱으로 〈Rebel Rebel〉을 불렀을 때, 데이비드 보위는 내게 불멸의 존재가 되었다.

보면서도 보지 못했던 인간, 들으면서도 듣지 못했던 음악의 위대함을 뒤늦게 깨달으며 어째서 인간이 인간에게 신이 될 수 있는지를 똑똑히 체험했다.

사람마다 저마다의 보위가 있을 것이다. 다양한 텍스트를 통해 만나기도 하고, 다양한 채널의 영상을 통해, 음반을 통해 만나기도 한다. 그 유산들이 모든 인간에게 가치 있는 건 아니다. 어떤 신도 인류 전체의 섬김을 받지 못한다. 하지만 뒤늦은 영접은 지난 모든 시간을 쓸모없게 만든다. 보위의 음악에 관심이 없었거나 혹은 그의 성전 입구에서 주저하는 이들에겐 예수가 자신을 의심하는 제자들에게 한 말을 전해 주고 싶다. "와서 보라." 꼭 경험해 볼 만한 가치가 있다. 그의 음악, 그의 세계관, 그의 모습 자체, 아티스트 데이비드 보위. 보위의 오랜 프로듀서 토니 비스콘티Tony Visconti는 보위를 추념하며 이런 말을 남겼다.

"보위는 항상 그가 원했던 것을 했다. 그가 원했던 최고의 방식으로. 그의 죽음은 그가 살았던 삶과 크게 다르지 않다. 하나의 예술 작품이었다. 그는 우리에게 이별 선물로 검은 별을 주었다. 나는 그가 마지막 일 년 동안 이렇게 정리하리라는 것을 알았다. 하지만 난 그의 죽음에 준비되어 있지 않았다. 데이비드 보위는 사랑과 삶의 기운으로 충만한, 아주 특별한 사람이었다. 그는 언제나 우리 곁에 있을 것이다. 지금은, 슬퍼해도 괜찮다."

지기 스타더스트는 그의 별로 돌아갔고, 나는 그가 남긴 검은 별을 가슴에
새기고 내 삶의 영역이 어디까지 확장되었나 둘러본다. 별은, 멀다.

《Blackstar》

데이비드 보위의 스물다섯 번째 앨범이자 마지막 스튜디오 앨범. 발매일인 2016년 1월 8일이 보위의 예순아홉 살 생일과 우연히 겹쳤다. 공동 작곡한 〈Sue(Or in a Season of Crime)〉을 제외하고 모든 곡을 보위가 혼자 만들었다. 수록된 일곱 곡이 보위의 마지막을 암시하듯 어둡고도 치열하다.

도니 맥캐슬린Donny McCaslan이 이끄는 뉴욕의 재즈 연주그룹이 세션을 맡아 보위의 스완송에 색소폰으로 분방하고 아방가르드한 화성을 넣었고, 리듬은 전례 없이 어둡게 질주한다. 〈Blackstar〉나 〈Lazarus〉, 〈I Can't Give Everything Away〉 같이 싱글로 나온 곡들이야 말할 나위 없이 좋지만, 내가 꼽는 한 곡은 〈'Tis a Pity She Was a Whore〉이다. 영락한 처지가 되어 어느 싸구려 호텔 방에 머무는 한 비루한 남성이 불러들인 창녀와 아귀다툼을 벌이며 울부짖는 과격하고도 불손한 노래다. 노쇠하고 영락한 남성의 쓸쓸함에서 고고한 예술가를 느낀다고 말하면 너무 신앙고백 같은가.

Track #2

"당신은
경험해 봤나요?"

지미 헨드릭스

알아요, 알고 있어요,

당신이 비명을 지르고 울부짖으리라는 걸

당신의 작은 세계가 당신을 놔주지 않으려고 하니 말이죠

하지만 이 형편없이 조그만 세상에서

증명하려고 애쓰는 사람은 당신이죠

자신이 금으로 만든 사람이고

돈으로 살 수 없는 사람이라는 사실을

그래, 경험해 보셨나요? 경험해 보신 적 있나요?

난 해 봤어요

이제 그걸 당신에게 증명해 보이려고 해요

- 지미 헨드릭스, 〈Are You Experienced〉의 가사 중

#오늘의티셔츠

해마다 5월에서 9월까지의 봄, 여름은 뮤직 티셔츠 애호가들에겐
그야말로 제철이다. 야외에서 열리는 각종 음악 페스티벌과 공연들이
집중되는 시기이기 때문이다. 다른 이들은 과연 어떤 티셔츠들을
입고 올까 싶어 공연장에서 일종의 '벤치마킹'을 하는 재미도 쏠쏠하다.
메탈리카의 'Damage, Inc.' 해골 이미지 티셔츠를 커플 콘셉트로
맞춰 입고 온 연인과, 들라크루아의 「민중을 이끄는 자유의 여신」이
크게 그려진 콜드플레이의 'Viva La Vida' 티셔츠를 입은 중년 남성,
화이티스트 보이 얼라이브The Whitest Boy Alive의 티셔츠를 입고 친구들과
와인을 맛나게 마시고 있는 이십 대 여성, 그야말로 취향의 멜팅팟이다.
록 페스티벌은 생생한 티셔츠 갤러리 현장이다. 그곳으로 나서기
전날 밤이면 나는 옷장을 뒤지며 다양한 티셔츠의 선택지 앞에서
방황하고 주춤한다. '내가 지난번에 이베이로 직구한 요 녀석은
희귀한 것이라 시선 좀 끌겠지?', '아냐, 얼마 전에 산 스티브 윈우드Steve
Winwood 티셔츠는 알아보는 이들도 거의 없을 테고, 알아봤자 나이든
사람일 거야. 그래, 무난하게 보위로 가자.'
나름대로 진지한 갈등이다.
요 몇 년간 그 선택의 결과는 한결같았다. 왜 그런지 모르겠다.
밀리터리 녹색 바탕에 아프로 헤어스타일의 얼굴이 새겨진

지미 헨드릭스의 브라바도 티셔츠였다. 고민의 과정이 어찌되었건,
'록 페스티벌 하면 그래도 지미 헨드릭스지' 하는 무의식이 작용하지
않았나 싶다. 한편으론 올해의 무대에서 누군가 왕년의 지미처럼
기타를 불태워 버리는 파격을 연출해 준다면, 혹은 애국가의 창의적인
변주 같은 걸 연주하면 얼마나 신선할까 하는 공상도 해본다.
'힐링하러 오세요'라며 갈수록 유순해지는 이 땅의 뮤직
페스티벌이지만, 지미의 티셔츠를 입고 나의 마음은 1969년의
우드스탁으로 향해 가고 있다.

#말랑한록페에서지미헨드릭스를 #취향의멜팅팟

지미 헨드릭스. 입 밖으로 내어 말하거나 어딘가에 적어 보는 것만으로도 벅찬 이름이다. 화산 같이 솟구쳐 오를 듯한, 야수 같이 맹렬하게 덮쳐 올 듯한. 내가 들었던 그의 첫 연주는 미국 국가 〈Star Spangled Banner〉였다. 1969년의 우드스탁, 저 사람은 무언가 뒤집어 버리고 있구나. 그러나 입으로 나온 말은 그게 아니었다.

"뭐야, 이 사람? 또라이야?"

혼란스러웠다. 돌이켜보건대, 매우 뜨거운 혼란이었다. LP의 커버 사진을 보니 밴드 멤버 두 명이 더 있는데, 미안하지만 눈에 들어오지 않았다. 그리고 덧붙여진 정보. 사망. 약물 과용. 구토 중 질식. 당시 나이 스물일곱. 그 정보는 지금까지도 떨쳐 내기 힘든 기억으로 남아 있다. 스물일곱 요절,

짐 모리슨, 재니스 조플린, 일명 '27 클럽'. 지미 헨드릭스를 처음으로 듣던 날 졸지에 토하다 죽었다는 마지막까지 알게 돼 버렸다. 그 어디에서도 들어보지 못한 굵고, 원초적이고, 징징대며 비틀리는 소리. 또 한 대의 기타 연주인가 싶은 비음 섞인 블루스 보컬. 어질어질 탁한 심상의 덩어리가 며칠 동안 귓가를 괴롭혔다.

나는 그가 세상을 떠난 해 태어났다. 그리고 음악을 찾아 듣기 시작한 지 얼마 안 된 열일곱 나이에 그의 '보랏빛 안개Purple Haze'를 접했고, 마흔이 넘어서야 그의 음악을 조금씩, 바라건대 조금씩 받아들이고 있다.

그보다 두 배 가까이 살았지만 여전히 평범하기 짝이 없는 내가 그의 음악을 온전히 받아들이기까지는 시차가 필요했다. 책망의 시간이기도 했지만, 이제 와선 더 늦는 것보다는 차라리 낫다는 위안으로 다가온다. 그 반절의 짧은 생애에 다지고 다져 넣었던 그의 1960년대가 지금 와서도 여전히 나를 뜨겁게 달군다.

지미 헨드릭스의 에너지엔 전무후무한 혁신적인 사운드가 핵심이겠지만, 어쩌면 그 태도, 스타일 때문에 시대마다 거듭 갱생되는 것 같다. 남겨진 자료 사진들과 영상에서 볼 수 있는 그의 무대 매너와 퍼포먼스, 남다른 패션, 그와 교류했던 뮤지션들의 목격담, 인상평, 평소 수줍어하는 듯한 모습과는 달리 다변가로서 그가 남긴 숱한 인터뷰와 편지, 기록. 인디언풍의 과감한 원색 컬러, 하늘하늘한 실크 셔츠, 작은 품의 재킷, 분신 같은 펜더 스트라토캐스터를 들고 있는 모습은 그 자체로 디자인 도안이었다. 둥근 아프로 곱슬머리에 헤어밴드를 차고 수염 가득한 얼굴, 일종의 홀마크처럼 유통되어 온 그 모습을 말이다.

　　대중음악 역사에 이름을 올린 거장급 아티스트들이 숱하게 많지만, 홀 마크 이미지가 따라붙는 아티스트들은 많지 않다. 트럼펫이 몸의 일부인 양 전신 실루엣에 붙어 있는 '쿨의 탄생birth of the cool' 마일스 데이비스, 자 메이카 국기에 얽혀 드레드 머리를 한 평화의 아이콘 밥 말리, 문 워크 댄 스 동작을 하는 구두와 한 짝뿐인 반짝이 장갑의 마이클 잭슨. 아이콘 생산 을 위해 음악 외적인 전략에 공을 들이는 뮤지션들도 있지만, 이런 아이콘 들은 일부러 연출해 닿을 수 있는 경지가 아니다.

　　그동안 지미 헨드릭스의 모습이 들어간 숱한 티셔츠와 소품들을 모아 왔다. 그의 고향인 시애틀로 여행을 다녀온 친구들이 선물해 준 열쇠고리 와 볼펜, 냉장고 자석까지, 그의 이미지를 숱하게 입고 차고 메고 쓰고 어 딘가에 붙여 왔다. 내가 지닌 개성의 스펙트럼에 이 희대의 기타리스트가 구현했던 자유와 사이키델릭을 넣고 싶었다. 그러나 그건 25년의 시차를 두고서도 좁혀지지 않는 간극이었다.

　　지미 헨드릭스 티셔츠는 종류가 꽤나 많지만 형편없거나 그 수준을 약 간 벗어난 디자인이 대부분이었다. 기타를 쥐고 연주하는 모습 자체가 이 미 강렬한데, 거기에 현란한 색깔과 강렬한 패턴 효과를 넣어 그를 조악한 광대로 만들어 버렸다. 거기에 큼지막하고 굵은 글씨로 그의 이름을 함께 더하면 도저히 입고 다닐 수 없는 부담스런 티셔츠가 된다. 가급적 담백한 이미지의 티셔츠를 찾아봤으나 쉽지 않았다. 음악 의류 머천다이즈로 잘 알려진 브라바도에서 짙은 녹색 바탕에 얼굴 일러스트가 들어간 셔츠를 구입한 게 그나마 최선의 아이템이었다.

물론 검증된 품질의 지미 헨드릭스 티셔츠를 구할 수 있는 확실한 방법은, 그의 아버지가 설립한 회사 Experience Hendrix, L.L.C.가 운영하는 지미 헨드릭스 공식 홈페이지에서 구매하는 것이다. 하지만 내가 꼭 사고 싶었던 1969년 몬터레이 페스티벌에서의 역사적인 기타 불태우기가 담긴 티셔츠는 없었다. 번제에 바치는 희생 공물로 그는 불붙은 펜더 스트라토캐스터를 양손에 치켜들고 서 있다.

지미 헨드릭스의 기타 불태우기는 당시의 음악 신에 굵직한 흔적을 남기기 위해 감행했던 하나의 쇼케이스였다. 그러나 그가 태워 버린 기타는 기획된 퍼포먼스를 넘어 "나는 이제 다음 단계의 음악 세계로 가겠소"라는 선언이 담겨 있는 듯했다. 1969년 「롤링스톤」지는 그와의 마지막 인터뷰에서 그가 행한 아방가르드의 진의를 캐고 들어간다.

"그는 현재에 대해 진정으로 겸손하다. 그는 한동안 재즈나 아방가르드 뮤지션들과 함께 연주하기 원했지만, 그런 뮤지션들이 자신과의 연주를 심각하게 받아들이지 않을까 봐 고민했다고 한다. 그래서 그는 친구에게 물었다. '솔직히 말해 봐. 저런 재즈나 아방가르드 뮤지션들이 나를 어떻게 생각할 것 같아? 사기꾼이라 생각하지 않을까?' 그래서 우리는 지미가 그런 뮤지션들과 함께 녹음한 세션 테이프를 들어 봤다. 어젯밤에 연주했던 잼 세션이었다. 지미는 기타를 연주했고, 건반 연주가 마이클 에프론Michael Ephron이 클라비코드를, 아프리카 음악 연주가 주마 술탄Juma Sultan이 콩고와 플루트를 연주했다. 매 순간 분절과 통합을 거치면서 이질적인 요소들을 아름답게 녹인 작품이었다. 그들은 이를 혼돈의 음악이자 곧이어 함께 뭉쳐지는 우주의 음악이며 몰아의 음악이라 칭했다. 장사치들이 떼돈을 벌기 위해 만들어 내는 종류의 음악이 전혀 아니었다. 슈퍼스타로서 인기를 계속 누릴 수 있도록 보장할 종류의 사운드가 아니었다는 것이다. 지미는 힘주어 말했다. '저는 더 이상 광대가 되긴 싫습니다. 로큰롤 스타가 되긴 싫어요.'"

지미 헨드릭스가 본격적으로 주류 무대에 섰던 1966년부터 1969년까지 4년간의 창작과 공연 활동은 그야말로 기성 음악계는 물론 본인까지 '하얗게 불태운' 시간이었다.

지미의 데뷔를 주목하고 그에게 스타덤의 날개를 달아준 곳은 런던이었다. 그를 주류 무대로 연결해 줄 첫 번째 끈은 롤링스톤스의 기타리스트 키스 리처드Keith Richards의 연인이었던 린다 키스Linda Keith였다. 그녀는 뉴욕의 한 클럽에서 지미의 연주를 보고 매혹당해 키스 리처드에게 소개했고, 키스 리처드는 그룹 애니멀스The Animals 출신으로 이제 막 프로듀서 커리어를 시작한 채스 챈들러Bryan Chas Chandler에게 추천했다.

이심전심으로 천재성과 상품성에 더없이 고무되었던 채스는 지미 헨드릭스의 영국 진출을 추진했다. 마음이 꽤나 다급했는지, 베이스의 노엘 레딩Noel Redding과 드럼의 미치 미첼Mitch Mitchell을 뽑아 지미의 팀 '지미 헨드릭스 익스피리언스the Jimi Hendrix Experience'를 결성했다. 지미는 비틀스와 롤링스톤스, 더 후, 에릭 클랩튼, 제프 벡 같은 쟁쟁한 스타들 앞에서 연주했고, 그들과 교류했으며, 그들에게 영향을 주었다. 영국 사이키델릭 음악의 선구자 케빈 아이어스Kevin Ayers는 1966년 11월 영국의 백 오네일Bag O'Nail 클럽에서 지미의 연주를 지켜보고 이렇게 회고했다.

"존 레논, 폴 매카트니, 제프 벡, 피트 타운센드, 브라이언 존스, 믹 재거가 함께 지켜봤지요. 그들은 한결같이 '젠장!', '아, 빌어먹을', '오 마이 갓!'을 내뱉었어요."

폴 매카트니는 지미의 전폭적인 지지자였다. 지미가 1969년의 몬터레이 페스티벌의 메인 무대에 서게 된 것도 그의 추천 덕이다. 그를 무대에 세우는 조건으로 페스티벌의 홍보대사가 되어 달라는 주최 측의 요구까지 받아들였다. 폴은 지금도 라이브 무대에서 지미 헨드릭스의 곡을 연주하고, 관객들에게 그에 관한 회고담을 들려준다.

"〈Sgt. Pepper's Lonely Hearts Club Band〉가 발표된 게 금요일이었어요. 그리고 이틀 뒤 일요일에 런던의 한 클럽으로 지미의 공연을 보러 갔지요. 그런데 놀랍게도 발표한 지 이틀밖에 안 된 우리 곡을 지미가 오프닝으로 연주하는 거예요. '피용~ 피용~, 우우우웅~' 하며 막 비트는 식으로 소리가 나왔죠. 그러다 기타 튜닝에 문제가 생겼어요. 그는 갑자기 관객석을 향해 '에릭 (클랩튼), 도와줘. 거기 있으면 좀 올라와 봐!' 하고 외쳤는데, 에릭은 부끄러워하면서 손사래를 쳤지요. 하하."

에릭 클랩튼은 지미가 세상을 떠난 직후 가진 인터뷰에서 그의 죽음에 대해 너무 화가 치밀었다고 했다. 그리고 사람들이 지미에 대해서, 그의 음악에 대해서 왈가왈부하는 것이 너무 싫었다며 꽤나 격앙된 반응을 보였다. 평소 절제되고 과묵한 그의 스타일에 익숙한 이들에겐 놀라운 장면이다. 그가 사망한 날 밤 그는 지미와 함께 슬라이 스톤Sly Stone의 공연을 보러 가기로 했다. 그에게 선물할 왼손잡이용 펜더 스트라토캐스터 기타를 들고 지미를 기다렸다고 했다. 그는 애써 눈물을 참았다.

그의 죽음에 대해선 아직까지 설왕설래, 말들이 많다. 그 말들의 중심엔 석연찮은 사인을 둘러싼 음모론이 있다. 훗날 호사가들이 만들어낸, 스물일곱의 나이로 요절한 천재 뮤지션들을 일컫는 '27 클럽'에 대한 이야기도 여전히 회자되는 팝의 야사이다. 초월의 시를 몸으로 써 낸 불세출의 아티스트가 터무니없이 약물과 토사, 질식이라는 엔딩을 맞았다. 그가 암페타민과 수면제를 들이붓고 괴로워하며 죽어가고 있을 때 그의 곁에 있던 여자친구 모니카 다네만은 대체 무엇을 하고 있었을까. 발견 당시 여전히 호흡이 있었다고 알려졌건만, 왜 누구도 응급조치를 하지 않았을까. 삶이란 어찌 이리 가볍단 말인가.

지미 헨드릭스의 스물일곱 생애와, 4년간의 활동. 그가 남긴 음악과 말들과 산화 그리고 신화. 나는 아주 천천히 그의 유산들을 경험하고 있다. 그 경험은 나이가 들수록 더욱 강렬해진다. 그래서 이제, 당신도 경험해 봤나요? 하고 그가 묻는다면, 글쎄, 어디까지라 대답해야 할지. 이 질문은 대체 어느 세대까지 유효할까?

《Jimi Hendrix Plays Monterey》

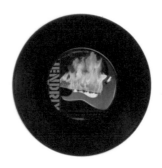

　　지미 헨드릭스가 공식적으로 발표한 음반은 세 장의 스튜디오 앨범뿐이다. 《Are You Experienced》, 《Axis : Bold As Love》, 《Electric Ladyland》. 밴드 Jimi Hendrix Experience와 함께 녹음한 곡들로 그 어떤 하나를 최고의 앨범으로 꼽아도 손색이 없다.

　　《Jimi Hendrix Plays Monterey》는 1967년 6월 18일 미국 캘리포니아주의 몬터레이에서 열린 팝 페스티벌에서의 공연 실황을 담은 앨범으로 지미 헨드릭스 사후 발표되었다. 지미의 육성이 앨범 전체에 담겨 있고, 그가 곡을 시작할 때마다 우물쭈물하면서도 관객들에게 코멘트를 하는 모습이 매우 인간적이다. 바로 옆에서 그의 연주를 보고 있는 느낌도 들고, 록의 역사에 한 페이지를 장식한 전설의 '기타 불태우기' 퍼포먼스가 바로 앨범 마지막 곡 〈Wild Thing〉에서 벌어졌다. 이 앨범은 1집 《Are You Experienced》의 라이브 버전이라 봐도 되는데, 내가 가장 즐겨 듣는 곡은 지미가 좋아했던 밥 딜런의 〈Like a Rolling Stone〉과 〈The Wind Cries Mary〉다. 의도하지는 않았겠지만 어쩐지 한 쌍의 작품처럼 들린다.

신의 축복이 함께하기를,
레이디 데이

빌리 홀리데이

가진 자는 여전히 가질 것이며

못 가진 자는 여전히 잃을 것입니다

성경은 그렇게 말하고

이것은 여전히 진실이죠

엄마가 부자일 수 있고, 아빠가 부자일 수도 있습니다

하지만 신께서는 아이를 축복합니다

자신만의 것을 가진 그 아이를

- 빌리 홀리데이, 〈God Bless the Child〉 가사 중

#오늘의티셔츠

얼마 전에 홍대 앞 바이닐 스토어 '김밥레코즈'에서 본 영화 「캐롤」의
OST 앨범 LP가 아직도 눈에 어른거린다. 아무래도 살걸 그랬나
후회하고 있다. 비록 집에 턴테이블이 없어도 소장만 해도 좋았을 것을.
영화 속 주인공 캐롤(케이트 블란쳇 분)과 테레즈(루니 마라 분)가 키스를
하기 직전인, 그 갈색 배경의 프로필 이미지가 유독 아름다웠다.
이 OST에서 빌리 홀리데이가 부르는 〈Easy Living〉은 즐겨듣는
팟캐스트 「김혜리의 필름클럽」의 시그널 음악이기도 해서, 새로운
에피소드를 들을 때마다 이 노래의 느낌이 각별해진다. 1950년대 풍요 속
미국의 재즈와 팝 음악들이 담겨 있는 이 앨범의 모든 수록곡들, 특히
〈No Other Love〉나 〈One Mint Julep〉은 달콤하기 그지없다. 영화의
분위기가 그래서인지, 이 달콤한 느낌 뒤엔 어김없이 쓸쓸한 뒷맛이 있다.
역시 이런 정조엔 빌리 홀리데이다. 엘라 피츠제럴드도, 사라 본도 아닌
'레이디 데이'.
옷장 서랍에서 검은색 바탕에 그녀의 실루엣이 그려진 티셔츠를 꺼내
책상 옆에 걸어 놓았다. 아무래도 빌리 홀리데이의 티셔츠는 입기보다는
소장용이자 관상용이다.

#영화캐롤OST #관상용티셔츠

"뉴욕에서 살 때였죠. 어느 날은 엄마와 제가 너무 굶주린 나머지 숨쉬기도 힘들 지경이었어요. 곧장 집 밖으로 나갔죠. 밖은 너무나 추웠고, 저는 7번가의 모든 가게에 들어가 일자리를 알아봤어요. 결국, 절박한 마음에 로그 캐빈 클럽이라는 술집에 들어갔다가 그곳의 주인 제리 프레스톤이라는 분과 마주쳤어요. 그분에게 마실 것 한 잔만 달라고 했죠. 돈이 없었지만 전 진을 시켰어요. 그게 제가 생애 처음 마셔 본 술이랍니다. 진인지 와인인지 잘 기억나진 않지만요. 그러곤 그 한 잔을 받아 그대로 꿀꺽 넘겼죠.

저는 프레스톤 씨에게 일을 달라고 했어요. 저를 댄서라고 했죠. 그랬더니 춤을 춰 보라고 하더군요. 춤을 췄어요. 그는 제게 냄새 난다고 하더군요. 저는 노래할 줄 안다고 했어요. 불러 보라고 하더군요. 클럽 구석에서 나이 든 양반이 피아노를 연주하고 있었어요. 〈Travelin'〉이라는 곡이었고, 저는 노래를 불렀어요.

클럽에 있던 손님들이 술 마시는 걸 멈추더군요. 다들 몸을 돌려 저를 봤죠. 피아노 연주자 이름이 딕 윌슨이었는데, 그가 이번에는 〈Body and Soul〉을 연주했고 저는 또 그 노래를 불렀어요. 그때 사람들 모습을 보셨어야 해요. 다들 울기 시작했거든요. 프레스톤 씨가 다가오시더니 고개를 설레설레 저으면서 제게 말했죠.

'꼬마야, 네가 이겼구나.'

그때가 제가 음악을 시작하게 된 순간이에요."

– '빌리 홀리데이, 다시는 댄스 음악 밴드와 노래하지 않을 거예요',
「다운비트Downbeat」와의 1939년 11월 1일 인터뷰 중

얼마 전 빌리 홀리데이의 인터뷰를 찾아보다가 최근에 발간된 『빌리 홀리데이, 마지막 인터뷰Billie Holiday The Last Interview and Other Conversations』라는 책을 발견했다. 아쉽게도 국내엔 발간되지 않아 아마존에서 주문해, 사흘 남짓 읽었다. 이 책은 언론 매체들과 가진 몇 편의 인터뷰를 엮었는데, 빌리 홀리데이의 한없이 굴곡진 인생 이야기가 담겨 있다. 백 페이지 남짓한 적은 분량에 간결한 대화 기록이어서 영어 실력에 크게 상관이 없었다. 누구나 시간 여유만 있다면 흥미롭게 읽을 수 있다. 다만 간결한 분량임에

도 그녀의 이야기에서 전해지는 아득함이랄까, 슬픔의 무게 때문에 단번에 읽어 내지는 못할 것 같다. 그리고 그 하루는 아마도 그녀가 준 무게감 때문에 그녀의 음악을 꺼내 들을 수밖에 없을 것이다. 이 책에 기록된 그녀의 말들은 그녀 자신의 아픈 인생과 직접 맞닿아 있기 때문에 어느 하나 허투루 넘길 수가 없다.

1956년, 미국의 저명한 언론인 마이크 월리스Mike Wallace와의 인터뷰는 좀 의외였다. 마이크 월리스는 미국 CBS 방송의 유명한 탐사보도 프로그램인 「60 Minutes」를 진행하는 사람인데, 빌리 홀리데이는 어쩐지 그보다도 더 아득히 먼 세대 사람 같았기 때문이다. 찾아보니 그는 고작 그녀보다 세 살 어렸고, 막 저널리스트 경력이 싹트기 시작할 무렵이었다. 게다가 마이크 월리스가 인터뷰했던 사람들의 면면을 보니 펄 벅, 덩샤오핑, 마리아 칼라스, 정말 이게 한 시대의 사람이 만날 수 있는 인물들인가 싶었다. 우리가 생각하는 현대사란 매우 짧고 급박한 시간이었다.

1956년이 어떤 해였는지 감을 찾아야 했다. 그들은 어떤 세상에서 이야기를 하고 있었던 걸까? 일단 세계적으로는 헝가리 혁명이 일어나고 소련이 이를 무력으로 진압하면서 동서 냉전이 더욱 심화되었다. 대한민국은 제3대 대통령 선거에서 이승만이 3선에 성공하며 자유당 장기 집권의 길이 열렸다. 지구촌 전체가 국가주의, 인종 차별, 냉전이라는 대립, 억압, 차별의 시대를 보내고 있었고, 그녀의 개인적 비극은 시대적 비극과 분명 인과 관계가 있었다.

마이크 월리스가 진행했던 두 시간짜리 대담 구성의 TV 방송 프로그램

「나이트 비트」에 출연한 빌리 홀리데이는 여타 다른 인터뷰에서와는 달리 진행자와 얘기가 통하는 듯 보이며, 무엇보다 의례적인 질문 같은 건 없다. 진행자는 빌리 홀리데이의 인생과 음악을 완벽하게 숙지하고 있고, 예의와 배려가 묻어 있다. 둘의 대화는 1956년 47세의 나이로 작고한 재즈 피아니스트 아트 테이텀Art Tatum에 관한 이야기로 접어든다.

“빌리, 왜 위대한 재즈 스타들은 그렇게 일찍 세상을 떠났을까요? 빅스 바이더벡Bix Beiderbecke(코넷 연주자)도 그랬고, 팻츠 월러Fats Waller(재즈 피아니스트)나 찰리 파커도 그랬지요.”

“글쎄요, 마이크. 그 질문에 제가 드릴 수 있는 답변은요, 우리는 (일반 사람들의) 백 일을 단 하루에 살아 내려고 한다는 거예요. 그리고 많은 이들을 기쁘게 해 주려 하죠. 우리는요, 특히 저는 이 음표와 저 음표를 다르게 표현하려고 해요. 이렇게도 불러 보고, 저렇게도 불러 봐요. 오늘 하루 좋은 느낌을 얻고, 좋은 음식을 먹고, 가고 싶은 모든 곳으로 여행을 가고 싶어요. 하지만 그렇게 할 수 없죠.”

“당신은 누구보다 앞서 인생을 사는 것을 좋아하고, 그것을 누릴 수 있을 때 직접 그 인생을 사는 거군요. 그것이 바로 당신이 얘기하신 것처럼 다른 재즈 뮤지션들이 젊은 나이에 세상을 떠나는 이유라는 거고요. 마음과는 달리 먹을 것도, 사랑할 것도 너무 없어서⋯⋯.”

“네, 그런 것이 있을 때는 누려야 해요. 아시다시피.”

그녀의 본명은 엘레노라 페이건Eleanora Fagan이다. 1915년에 필라델피아에서 태어나 뉴욕의 할렘에서 자랐다. 열네 살 나이에 유곽에서 몸을 팔아 생계를 이어갔으며, 성공과 명성의 정점에서 마약 중독으로 쇠퇴의 길로 접어들어 1959년에 뉴욕 맨해튼에서 마흔넷의 나이로 숨을 거뒀다. 루이 암스트롱과 베시 스미스Bessie Smith의 영향을 받았고, 베니 굿맨Benny Goodman, 카운트 베이시Count Basie, 레스터 영Lester Young, 아티 쇼Artie Shaw 같은 재즈 거장들과 함께 노래했다. 색소폰 연주자 레스터 영이 그녀에게 붙인 별명이 '레이디 데이Lady Day'다. 이 짧은 생애 이력을 볼 때마다 나는 놀랍고, 당혹스럽고, 슬프다. 그토록 만신창이가 될 지경까지 삶을 처절한 진흙탕으로 몰아가야 했나. 그래야 저런 목소리로 노래할 수 있었던 걸까. 그녀는 대답 없이 그저 노래한다. 〈Easy Living〉. 그 어떤 걱정도 시련도 없는 세상에서의 폭신하고 달콤한 사랑을.

당신을 위해 사는 것이 쉬운 인생이에요

사랑에 빠지면 사는 게 쉽죠

그리고 난 이렇게 사랑에 빠졌어요

인생에 당신 말고는 없답니다

나는 주는 것을 후회하지 않아요

사랑에 빠지면 주는 것이 쉽죠

당신을 위해서 그 어떤 것이라도 할 수 있어서 행복하답니다

빌리 홀리데이의 노랫말은 대개가 이렇다. 물론 〈Strange Fruit〉 같이 어둡기 그지없는 블루스도 있지만, 사랑에 모든 것을 맡기고, 채워지지 못할 사랑을 위해 지독한 고통, 고독을 감내한다. 그녀가 어떻게 살았는지 알거나 모르거나 그녀의 노래는 사랑에 대한 어떤 감정이나 생각을 떠올리게 한다. 마흔넷은 세상을 떠나기에는 아무래도 이른 나이였다. 그럼에도 그녀는 분명 인생을 압축해서 산 듯한 느낌을 준다. 그녀의 목소리를 듣고 어찌 그녀의 풋풋했던 시절을 떠올릴 수 있을까? 그녀의 삶은 처음부터 부식되어 있는 듯하고, 대신 노래를 부르던 순간만은 불멸에 포착되었다. 녹슬었지만 사라지지 않는다. 영화 「인터스텔라」에서 주인공 쿠퍼가 블랙홀을 통과해 딸과 시공을 초월한 커뮤니케이션을 시도하는 장면에서 나는 빌리 홀리데이의 〈Travelin' Light〉를 떠올렸다. 불멸의 목소리가 전하는 기억, 우주를 가로질러 사랑하는 사람에게 전하려는 메시지.

국내 SPA 브랜드 탑텐에서 빌리 홀리데이의 티셔츠를 사이즈별로 여러 벌 샀다. 그때 산 빌리 홀리데이 티셔츠는 그녀의 앨범 《Lady in Autumn: The Best of the Verve Years》의 재킷 디자인으로, 어두운 배경에 붉은 실루엣으로 노래를 부르는 빌리 홀리데이의 모습이 프린트돼 있다. 그러다 최근 공식 홈페이지에서 티셔츠 한 벌을 더 샀다. 티셔츠 속 그녀는 머리를 정갈하게 붙여 넘기고 한쪽에 빨간 가드니아 꽃을 브로치처럼 꽂았다.

그녀는 노래한다. 때로는 달콤하면서도 적당히 멜랑콜리한 사랑을, 또 어떤 때는 학대당하다 나무에 매달린 흑인 노예의 슬픔, 울분을. 노래를 마치고 그녀는 말한다.

"나를 보세요. 특별해 보이지 않나요?"

그래서 나는 그녀를 선뜻 꺼내 입지 못한다. 그녀를, 그녀의 삶을, 그녀의 음악을 경외하고 특별하게 바라본다. 바라만 볼 뿐이다.

《Billie Holiday at Jazz at the Philharmonic》

언젠가 부산으로 내려가는 KTX 열차 안에서 이 앨범을 틀어 놓고 잠을 청했다가 잠은커녕 괜한 수심에 잠겨 종일 물먹은 솜마냥 몸이 무거워 고생했던 적이 있다. 음원으로만 듣다가 몇 년 전 샌프란시스코 출장길에 레코드숍에서 특가 판매를 하는 걸 오천 원도 안 되는 돈을 주고 샀다. 버브레코드에서 리마스터링한 빌리 홀리데이 선집 중 하나이다.

'재즈 앳 더 필하모닉'은 노먼 그란츠Norman Granz라는 재즈 프로듀서가 제작한 재즈 콘서트 시리즈의 제목이다. 이 음반은 빌리 홀리데이가 1945년에서 1946년까지 L.A. 슈라인 오디토리움과 뉴욕 카네기 홀에서 불렀던 노래를 녹음한 라이브 앨범이다. 「다운비트」는 그녀 인생의 정점에서 들려주었던 아름다운 보컬이 모두 담겼다고 평점 만점을 주었는데, 녹음 상태나 빌리의 목 상태가 그다지 좋은 컨디션은 아니다. 그런데 어쩐지 그 불안정한 상태만이 그녀 목소리의 불멸성을 제대로 실어 나를 수 있는 것 같다는 느낌이 든다.

앨범의 커버 디자인도 빌리 홀리데이가 전하는 애상을 고스란히 전해 준다. 재즈 앨범 전문 일러스트레이터 데이빗 스톤 마틴David Stone Martin의 작품이라고 한다.

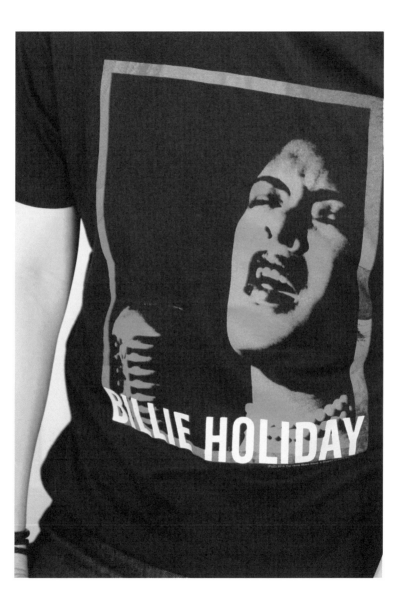

꽤나
감정적인 사람

마빈 게이

은퇴, 낙담, 휴직, 생계 곤란

실은 내가 세금을 낼 수 없다는 것

소리를 지르고 두 손 들어 단념하고 싶어

범죄는 늘어가고,

경찰들은 과격하게 진압하면서 행복해 보여

사람들의 공포심은 퍼져 가고

신만이 우리가 어디로 가고 있는지 아신다네

어머니, 어머니

모두들 우리가 틀렸다고 생각해요

단지 머리를 길렀다고 우리를 판단하는 그들은 누구란 말인가요

- 마빈 게이, 〈Inner City Blues〉 가사 중

#오늘의티셔츠

며칠 전 흥미진진한 꿈을 꿨다.

R&B와 소울 음악으로 한 시대를 풍미했던 미국의 TV 프로그램

「소울 트레인」을 녹화하는 스튜디오에 내가 관객으로 참가한 것이다.

분명 1970년대의 무대였음에도 이질감이라고는 전혀 느끼지 못한 채

나는 여느 관객들처럼 나팔바지에 컬러풀한 셔츠를 입고 있었다.

이 꿈의 압권은 무대에 등장한 마빈 게이Marvin Gaye였다.

쇼의 진행자가 마빈 게이에게 궁금한 점을 질문하라며 관객들에게

마이크를 넘겼다. 운 좋게 나도 발언 기회를 얻었다. 한국에서 온

관객이 있다고 들었는데, 그렇다면 멀리서 온 당신에게 기회를 주겠노라

한 것이다. 나는 순간에 떠올랐던 생각을 쥐어짜서 최선을 다해 영어로

질문을 던졌는데, 그게 신기하게도 입 밖으로는 한국말로 나오는

것이었다. 게다가 시대를 초월한 질문이었다.

"마빈, BTS와 컬래버 제안이 온다면 하실 의향이 있나요?"

더욱 신기했던 것은 마빈이 그걸 찰떡같이 알아들었다는 사실이다.

그리고 뭐라고 열심히 대답해 주었는데, 나는 그걸 제대로 알아듣지

못했다. 주변 사람들이 유난히 환호성을 질러서 그의 말이 묻혀 버린

것이다. 나 혼자만 안타까워하는 동안 다른 관객과의 질문과 대답이

끝나고 그의 노래가 시작됐다. 그는 솜사탕 같은 목소리로 오늘 이 무대에

와 준 팬들을 위해 '비방용'을 전제로 미발표곡 〈You're the Man〉을
불러주겠다 했다. 스튜디오의 댄스 플로어에서 관객들은 그의
솜사탕 소울에 취해 눈이 반쯤 풀린 채로 흐느적거리며 춤을 추었다.
각자의 춤을. 나는 멀뚱하니 서서 내 질문에 그가 뭐라고 답한 걸
기억해 내려 애썼다.

일어나 보니 창밖에는 추적추적 비가 내리고 있었다.
주말 아침이었는데, 아쉽게도 새벽에 눈을 뜨고 말았다. 어젯밤 잠들기 전
유튜브에서 마빈 게이와 모타운 영상을 본 바람에 얕은 잠 속에 그런
꿈이 나타났구나.
커피 한 잔을 내려 마시고, 노래를 틀었다. 〈Let's Get It On〉과
〈I Heard It Through The Grapevine〉. 그리고 책상에 앉아 마빈 게이의
〈You're The Man〉 티셔츠를 파는 곳이 있는지 인터넷으로 찾아보기
시작했다.

#꿈속의소울트레인 #솜사탕소울

마빈 게이는 공식 홈페이지가 없다. 그러니 그의 공식 머천다이즈를 파는 곳도 없고, 티셔츠 또한 구할 수 없다. 생전의 삶이 평탄치 않았거나 혹은 비참했더라도, 불후의 음악적 성취를 남긴 아티스트의 사후에는 으레 지적 재산권이나 경영권을 갖고 있는 가족이나 재단이 있다. 생가가 보존되거나 명예의 전당, 박물관 같은 공간에 유품이 전시되거나 적어도 소속 레이블이었던 곳에서 그 아티스트의 창작물과 다양한 유산들을 관리하기 마련이다. 그를 기리고 찾는 팬들을 위해 공식 홈페이지나 최소한 공식 SNS 계정을 만들어 관리한다. 이는 결국 자연스럽게 비즈니스로 연결된다. 매출과 이윤이 남아야 세대를 넘어 기억되어야 할 음악과 이미지가 계속 곱씹어지고, 재생산되며, 다른 아이디어들의 씨앗이 된다. 마빈 게이에겐 자취가 없다. 비교하기는 좀 그렇지만 그만큼이나 굴곡진 고통의 생을 보낸 지미 헨드릭스, 에이미 와인하우스, 심지어 빌리 홀리데이에게도 상업적 자취 정도는 남아 있다.

현재 그의 전체 유산과 재산권은 게펜Geffen Management Group이 관리하고 있다. 아마도 초상권을 포함한 사후 재산 관리를 둘러싸고 유족과 게펜, 소속사들(모타운, CBS 레코즈, 유니버설 뮤직그룹) 사이에 명쾌한 정리가 안 된 모양이다. 그들의 다툼이나 조율과 상관없이 마빈 게이라는 소울과 R&B의 아이콘에게 이러한 방치는 정말 무례한 일이다. 여전히 그의 음악을 사랑하고 즐기고 있는 팬들에게는 특히.

그래서 좀 더 살펴봤다. 그의 이미지를 앞에 걸고 있는 티셔츠나 굿즈가 있는지. 컬래버레이션 전략으로 최근 몇 년간 인기를 끌어 온 프리미엄 스트리트 브랜드 '슈프림'에서 2018년 F/W 컬렉션으로 마빈 게이의 티셔츠와 후드 티를 출시했다. 그러나 새 제품은 품절이고, 2, 3차 온라인 소매 사이트에서 높은 마진이 붙어 판매되고 있었다. 그의 대표 앨범인 《What's Going On》의 커버 디자인을 전면에 프린트한 티셔츠도 있었지만 한눈에도 조잡한 중국산 가품이었고, 지나치게 싼 가격이 품질을 더욱 의심하게 했다.

고가에 희소성까지 붙은 프리미엄 제품은 곧잘 혹은 때로 꽤 든든하고 뿌듯한 만족감을 주기도 한다. 그러나 나는 슈프림이란 브랜드에 대해서는 좀 다른 시선을 갖고 있다. 뮤지션들의 이미지를 차용한 컬래버레이션 이상의, 그 브랜드만의 창조성은 거의 보여주지 않으면서 아티스트들의 기존

이미지를 라운드 티셔츠나 후드에 나염을 하고 남은 자리 어딘가에 그들의 로고를 붙여 출시한다. 힙스터들에겐 그 훌륭한 로고가 멋의 보증 수표다. 그 슈퍼스타가 누구든, 무슨 노래를 불렀든 그 훌륭한 로고 하나면 브라바도나, H&M, 자라 등의 SPA 브랜드보다 최소 대여섯 배에서 열 배의 가격이 된다. 마이클 잭슨, 블랙 사바스, 마일즈 데이비스, 존 콜트레인, 샤데이, 루 리드, 모리세이, 닐 영 같은 쟁쟁한 아이콘들이 여러 시즌에 걸쳐 오브제가 되었고, 제한된 규모의 패션 피플들이 이 제품들을 소화하면 이게 입소문을 타서 판매량을 늘린다. 판에 박은 듯하면서도 이상한 순환이다. 이상한 순환의 정점은 벽돌에 브랜드 로고를 붙여서 프리미엄 가격을 붙였을 때였다.

어쨌든 난 아마존에서 《What's Going On》 앨범 커버 이미지가 다른 브랜드보다 조금 더 크게 프린트된 티셔츠를 찾아 냈다. 비니를 쓰고 예의 그 잘생긴 얼굴에 미소를 짓고 있는 그의 '시그니처' 이미지들도 있지만, 내겐 검은색 레인코트를 입고 진중한 표정으로 앞을 응시하고 있는 《What's Going On》 앨범의 이미지가 가장 울림이 크다. 그의 달콤한 음색이나 익숙한 미소에서 나오는 사랑 노래보다는 삶의 신산함과 우울함이 엿보이기 때문이다. 물론 스타일 자체로도 멋지다.

십 년 전쯤의 일이다. 파리 외곽의 불로뉴. 늦가을 비가 세차게 창을 때리는 밤이었다. 실내등 전부를 켜도 침침했던 숙소에 앉아 다음 날 프레젠테이션을 준비하고 있었다. 눈은 침침하고, 테이블과 의자의 높이가 맞지 않아 허리가 아팠다. 하던 일을 잠시 멈추고 소파에 기대 눈을 감았다. 아까부터 틀어 놓고는 있었지만 의식하지 않았던 라디오에서 〈Inner City Blues〉가 흘러나오고 있었다. 일을 마저 하느라 가사를 제대로 음미하지는 못했지만, 간절하게 무언가 갈구하는, 달콤하지만 우울한 목소리가 어두운 방을 채웠다. 일을 마치고 침대에 누워 〈What's Going On〉과 〈Inner City Blues〉를 틀었다. 두 곡이 마치 이란성 쌍둥이처럼 느껴졌다.

앨범 《What's Going On》을 들어 본 사람이라면, 아니 대표적인 몇 곡이라도 들어본 사람이라면 공감하겠지만, 마빈 게이의 노래엔 진정성이 담겨 있다. 영혼soul이라고 말하는 사람도 있겠지만, 어쨌건 마음에 가깝다. 마빈 게이의 목소리에선 애쓴다거나 노력한다는 인상을 받지 못한다. 너무나 자연스럽다. 시도 때도 없이 달콤하다. 그런데 나는 왜 자꾸 우울이라는 상반된 감정을 느낄까. 마흔여섯이라는 비교적 짧은 생애 때문일까? 그 시간마저 비극으로 가득 차 있었기 때문일까?

1970년대 말에 그에게 슬럼프 같은 공백기가 찾아왔다. R&B와 소울의 명가 모타운Motown 소속으로 '모타운의 왕자'라 불리던 그가 모타운의 대표 배리 고디Barry Gordy와 사이가 벌어지고, 그의 부인이자 배리 고디의 동생이었던 애나Anna Gordy와 이혼하며 코카인 중독에 빠졌다. 한때 파산 신고를 하는 지경에 이르기도 했으나 CBS 컬럼비아 레코드와 계약하며 재기에 성공한다. 〈Sexual Healing〉이 담긴 앨범 《Midnight Love》가 2백만 장 넘게 팔렸고, 이듬해 그래미에서 두 개 부문의 상을 거머쥔다.

1983년 초, 그가 그래미상을 받기 직전이자 사망하기 1년 전의 어느 인터뷰가 꽤 인상적이다. 새 앨범과 활동 재개에 대한 소감을 묻는 질문에 답하며 그는 뜬금없이 '복수하고 싶었다'고 말한다. 슬럼프에 빠진 그에게 등을 돌렸던 주변 사람들에게 전하는 메시지가 아니었나 싶다. 하지만 내가 관심 있게 들었던 건 그다음 부분이다.

"마빈, 당신은 자신이 왜 우울하다고 생각하나요?"

"글쎄요, 전 제 자신이 너무 감정적인 것 같아서 걱정이에요."

"공백기 동안 고통스러웠다고 말씀하셨어요. 그렇게 지독하게 고통스러운 시간과 경험이 당신의 음악을 더 좋게 만들었다고 생각하시나요?"

"그 같은 삶을 살지 않았다면 훌륭한 예술가가 될 수는 없었겠지요. 저는 깊은 나락에 빠져 있다가도 어떤 경우 갑자기 높은 영성spirituality의 단계로까지 도약했던 것 같아요. 어떤 경우엔 바로 앞에 거의 영성이 있다고 느꼈지만, 또 어떤 경우에는 제 앞에 지옥의 문이 열린 것 같은 느낌을 받기도 했어요. 저는 그와 유사한 경험을 갖지 못한다면 좋은 아티스트가 될 수 없다고 생각해요.

그런데, 저와 인터뷰하시니까 별로 쓸 만한 게 없죠?"

밀리터리 재킷을 입고 비니를 쓴 그의 얼굴엔 피로와 초조, 쓸쓸함이 감돌았다. 충혈된 눈, 방금 식사를 마쳤는지 인터뷰 중간중간 트림을 하기도 하며, 그럴 때마다 사과를 한다. 전반적으로 긴장이 풀어진 모습이다. 마빈은 심중의 할 말을 애써 논리적으로 말하기보다는, 감성적으로, 의식의 흐름에 맡겨 두는 것 같았다.

유년 시절 그는 목사였던 부친에게 심하게 학대 받았고, 어렸을 때부터 자살을 생각했다고 한다. 성인이 되어 성취한 인기와 부유함도 그를 진정한 독립과 자유에 이르게 하지는 못했다. 1984년 4월, 그가 부친에게 선물했던 권총이 다시 그를 겨눈다. 비극의 방아쇠를 당긴 건 그의 부친이었다. 부부싸움을 말리던 아들을 쏜 것이다. 이 사건을 눈앞에서 지켜봤던 그의 형은 마빈이 "이게 내가 원했던 결말이야"라고 말하며 숨을 거뒀다고 전했다. 부친 마빈 게이 시니어는 살인죄로 복역하다 형 집행 정지 및 보호 감찰로 석방되어 요양원에서 여든넷까지 살았다.

거의 모든 악기를 연주하며 4옥타브에 이르는 음역대를 지녔고, 흑인 인권 운동가, 두 편의 영화에 출연한 배우이자 프로 미식축구 선수로서의 가능성도 타진했을 만큼 전천후 능력을 갖춘 르네상스맨이었으나 끝내 영웅이 되지 못했다. 너무 감정적이었기 때문일까, 그는 비극적인 결말에서 '원했던 결말'이라는 대사를 남긴다. 그 순간, 그는 '영성'을 느꼈을까?

태미 테럴Tammi Terrell과 듀엣으로 노래한 히트곡 〈Ain't No Mountain High Enough〉 또한 비극적인 역설을 남겼다. 영화 「가디언즈 오브 갤럭시」의 사운드트랙에 포함되며 21세기에 다시 소환된 그는 "우리 앞의 그 어떤 산도 높지 않아"라고 희망의 기운을 불어넣어 주지만, 태미 테럴은 스물한 살 나이에 마빈 게이와 이 곡을 부르던 도중 그의 품에 쓰러진다. 병원으로 옮겨져 뇌종양 진단을 받고 여러 차례 수술을 받았지만 3년 뒤 세상을 떠났다. 넘을 수 없는 산이 있다는 분명한 사실 앞에서 인간이 가질 수 있는 태도란 오직 그 산을 넘을 수 있다는 희망 정도만을 간직하는 것밖에 없다는 듯.

장마가 한창이던 어느 주말 나는 마빈 게이의 티셔츠를 입고 광화문 거리를 걸었다. 궂은 날씨 덕에 각종 시위와 행사가 없어 실로 오랜만에 한적했다. 언제부턴가 이곳은 유사 게토ghetto가 되어 왔다. 현실과 마음의 모든 의미에서. 어떤 중심에 가닿지 못할 것 같아, 현실이 절망적이어서, 넘지 못할 산 같아서 사람들은 이곳으로 나와 소리를 질러댔다. 소외된 이들과 소외되었다고 생각하는 이들, 이들 모두와 더불어 미래를 보는 이들이 풀어지지 않는 피로와 무기력, 그것을 억누르는 힘에 맞서 노래를 부르기도 했다. 이제 그 게토는 어디로 갔을까?

체계 없는 상념 속에 나는 마빈 게이의 티셔츠를 입고 《What's Going On》 앨범을 통째로 듣고 또 들으며 광화문에서 종로 3가까지 걸어갔다. 중간에 청계천으로 빠지기도 하고, 을지로 공구상 골목에도 들어갔다가 안국동에서 조계사를 거쳐 청진동까지, 목적 없이 'inner city'를 배회했다. 그러면서 하나의 파편 같은 생각이 스쳤다. 지나치게 감성적인 사람에게는 분명 소모되는 에너지가 있겠지. 무언가 정리되지 않는 근래의 내 개인사와 혼탁한 사회사가 어지러이 섞이며 부쩍 생각보다 감정이 앞서간다. 〈Inner City Blues〉는 내 기억 속 풍경에 대한 송가가 되어 가고 있다.

《You're the Man》

　　1972년 《What's Going On》의 후속작으로 발표할 계획이었으나, 그가 세상을 떠난 지 35년이 지나서야 발표되었다. 그가 살아 있었다면 정확히 여든 개의 초에 입김을 불어 껐을 그날에. 생전에 발표를 취소했던 사람은 마빈 게이 자신이었다. 마빈은 자신의 음악에 사회 참여적 메시지를 넣고자 했으나 모타운의 대표 배리 고디는 회사의 비정치성에 맞지 않는다며 반대했다.

　　《What's Going On》 앨범 못지않게 사회적 메시지가 가득한 이 앨범엔 총 열일곱 곡이 수록되어 있다. 곡들의 완성도나 신선함이 전작에는 미치지 못하지만 그래도 뛰어난 음반이다. 자신이 잘할 수 있는 것이 무엇인지 정확히 알고서 그것을 전략적으로 최대한 끌어내 보겠다는 의지가 느껴진다.

　　대표 곡인 〈You're the Man〉, Nas와 에이미 와인하우스, 푸지스와의 작업으로 잘 알려진 프로듀서 살람 레미Salaam Remi가 참여해 리믹스로 단장한 곡들이 눈에 띄지만, 사실 모든 곡이 뛰어나다. 마빈 게이를 기억하는 팬들에게 마빈 게이가 들려 줄 만한 앨범이다. 빌보드 앨범 200위 차트에서 168위에 머물다 가는 푸대접을 받을 이유가 전혀 없었다.

뜨거운 영혼의
짙푸른색 열차

존 콜트레인

"저는 음악가들 대다수가 진실에 관심을 두고 있다고 봅니다.

뭐, 응당 그래야 하죠. 왜냐하면 음악이라는 게 진실 그 자체이니까요.

연주를 하며 음악으로 어떤 발언을 한다면

그건 이유 있는 발언입니다. 그 안에 진실이 있는 거죠.

그래서 연주를 하고, 그 음악으로 진실을 표현하고자 한다면,

음악을 하는 사람은 가능한 한

그 진실에 가까운 삶을 살아야 합니다."

- 존 콜트레인, 1955년의 인터뷰 중

#오늘의티셔츠

내겐 매장에 가서 티셔츠를 고를 때 흔히 겪는 묘한 현상이 있다.
너무나 자주 겪어서 이젠 일종의 징크스라 불러도 무리가 없겠다.
이름하여, '내 바로 앞에서 내 사이즈 품절' 징크스. 마음에 드는 디자인의
티셔츠를 발견하곤 반가운 마음에 내 사이즈를 찾노라면, 그렇다,
대개 품절이다. 매장 직원에게 사이즈 재고 여부를 물어보면 돌아오는
대답이 또한 한결같다.
"아, 그 사이즈는 손님 오시기 바로 전에 다 판매됐어요."
'라지(L) 사이즈는 아마도 대한민국 성인 남성의 무난한 표준 사이즈라서
상대적으로 빨리 나가는 것이겠지'라고 위안을 삼기에는 마뜩잖다.
공교롭게 매장에 있는 같은 뮤지션의 다른 디자인 티셔츠는
라지 사이즈가 넉넉하게 깔려 있다. 넉넉하게 말이다. 물론 마음에
쏙 드는 디자인이 아니라 차선으로 사 입기는 내키지 않는다. 통계 과학상
내 몸집의 남정네들이 갖고 있는 티셔츠 미학의 기준과 음악 취향이
대체적으로 평균 분포에서 만나다니, 별로 마음에 들지 않는다.
해마다 S/S 시즌이면 뮤직 컬래버 티셔츠를 염가에 내놓는 기특한 스파
브랜드 '탑텐'이 재즈 아티스트들의 티셔츠를 내 놓았을 때였다. 매장에
들어가니 가장 먼저 매대에 진열된 존 콜트레인John Coltrane의 티셔츠가
눈에 들어왔다. 블루노트 시절 앨범인《Blue Train》의 이미지가 디자인된

것이어서 득달같이 내 사이즈를 찾아 뒤졌으나, 역시 보이지 않았다.

매장을 한 바퀴 다시 돌다가 결국 포기한 후 다른 티셔츠를 골라

계산대 앞에 줄을 섰다. 그리고 그놈의 징크스가 이어지는 씁쓸한 현장을

목격하고 말았다. 내 앞의 남자가 그 존 콜트레인의 블루노트 티셔츠를

서너 벌 정도 늘어놓고 계산을 하고 있었다. 그리고 들려오는 점원의

목소리.

"손님, 라지 사이즈 티셔츠 네 장 맞으시죠?"

끓어오르는 무언가를 삭히며 속으로 되뇌었다.

'이런 상도라곤 눈곱만치도 없는 녀석. 너 같은 녀석 때문에

내가 말야!'

#바로내앞에서내사이즈품절현상 #티셔츠의평균적성향

25년 전, 나는 첫 해외 출장에서 업무 일정을 막 마친 참이었고, 긴장이 채 풀리지 않은 상태에서 지금은 폐점하여 없는 파리 샹젤리제 거리의 '버진 메가스토어Virgin Megastore'로 갔다. 샹젤리제 한복판에 있는 데다 각종 음반과 영화 타이틀을 다량으로 구비하고 있고, 이름대로 '메가급' 할인을 많이 하기에 늘 엄청나게 붐비는 곳이었다. 나는 그 어떤 기념품보다 해외 음반 매장에서 앨범 쇼핑을 해 본다는 일이 설레었다. 국내에 발표되지 않은 음반들을 묶음 단위로 싼 값에 살 수 있는 곳이라 기웃거리고 고민하는 데만 몇 시간이 걸렸다.

록 음반들 사이에 왜 존 콜트레인의 《Blue Train》, 《My Favorite Things》가 끼어 있었는지는 모르겠다. 그 많은 콜트레인의 앨범들 중 왜 하필 《My Favorite Things》였는지도 모르겠다. 짙푸른 바탕에 진중한 표정으로 소프라노 색소폰을 불고 있는 한 흑인 연주자와 붉은색 글씨.

숙소로 돌아와서 《My Favorite Things》를 들었다. 조지 거슈윈George Gershwin과 콜 포터Cole Porter의 곡이었고, 주제는 담백했으나 색소폰 소리는 강렬했다. 14분에 가까운 〈My Favorite Things〉가 끝난 후 〈Every time We Say Goodbye〉를 들을 때엔 눈가가 좀 촉촉해졌던 같다. 귀국 편 비행기 안에서는 〈Blue Train〉을 수십 번 이상 들었다. 힘차고 담대한 데다, 현란하게 내달리는 연주였다. 제목 그대로, 블루지한 스윙이자 짙푸른 기운으로 질주하는 열차의 느낌이었다. 에둘러 이야기하지 않고 직설적으로 뜨겁게 다가왔다. 수사와 유머는 없었다.

그리고 1년 전 샌프란시스코. 출장 첫날 일과를 마치자마자 부리나케 하이트 거리Haight Street에 있는 아메바Amoeba 레코드숍으로 갔다. 스피리추얼라이즈드Spiritualized의 신보와 트럼펫 주자 테런스 블랜차드Terence Blanchard의 앨범들을 사기 위해서였는데, 진열대에서 존 콜트레인의 앨범과 마주쳤다. 지난 55년 동안 한 번도 선보이지 않은 녹음 곡들을 모아 새로 출시한 음반이라는 《Both Directions At Once: The Lost Album》. 맥코이 타이너(피아노), 엘빈 존스(드럼), 지미 개리슨(베이스) 콰르텟 멤버들이 함께한 작품이었다. 앨범을 거머쥐고, 또 운 좋게 티셔츠 코너에 딱 한 장 남은 콜트레인의 실루엣이 그려진 검은색 티셔츠까지 구입했다.

숙소로 돌아와 새로 산 티셔츠로 갈아입고 앨범을 틀었다. 같은 시각, 다저스와 레드삭스의 월드시리즈 경기가 펼쳐지고 있었고, 선발 투수는 류

현진이었다. 눈으로는 야구 중계를, 귀로는 존 콜트레인의 오래된 새 앨범을, 앨범의 제목 마냥 '한 번에 두 방향Both Directions At Once'을 실현하고 있었다. 묘하게도, 두 가지를 한꺼번에 즐기는 게 어렵지 않았다. 샤워를 하고 나와 맥주를 마시며 다시 앨범을 틀었다. 눈앞에 움직이는 형체는 없었다. 고전과 아방가르드를 모두 담았다는데, 솔직히 그런 것까지 들리지는 않았다. '진짜Real Thing'를 전하고 싶어 하는 그의 진심 가까이 가보려 노력했을 뿐이다. 미발표 곡들이다 보니 〈Untitled Original 11383 [Take 1]〉이나 〈Untitled Original 11386 [Take 1]〉같은 제목이 붙은 곡들이 있는데, 그 곡들을 기억하기 위해 그와 만났던 장소들, 'Paris, Revisited', 'Lunar Beach', 'Encounter at Bay' 같은 제목을 붙여 보다 까무룩 잠이 들었다.

다른 사람들은 어떤 계기로 존 콜트레인을 듣게 됐을까? 재즈 안내 책자에 나오는 대로 작정하고 체계적으로 재즈를 들어 보겠다고 했을 때 반드시 들어야 하는 아티스트라서. '재즈 좀 안다'는 누군가에게 추천을 받아서. 유튜브가 이 곡도 좋아할 거라고 제안해 줘서. 블루노트 레이블에서 저렴한 가격에 내놓은 박스세트를 듣다가 알게 될 수도 있고, 무라카미 하루키의 소설을 읽다가 반복되는 존 콜트레인이란 이름을 기억해 두었을 수도 있겠다. 곰곰 돌이켜보니 나에겐 이런저런 경험이 골고루 반영되어 있는 것 같았다. 설명하기는 어렵지만, 나는 마일스 데이비스와 존 콜트레인의 음악에서 어쩐지 록의 감성이 느껴졌다. 그 때문에 '아무래도 재즈를 한번 파 봐야겠어'라는 생각 없이 그들의 연주를 습관처럼 들었던 것 같다.

그는 다른 재즈 연주자들과 달리 약물 중독이 아닌 암 때문에 마흔 살에 짧고 굵은 생을 마감했다. 음악을 통해 종교적 영성과 신에 대한 사랑을 표현하려 했고, 소울의 바탕엔 짙푸른색 이미지가 덧칠해져 있다. 그의 푸른 영혼은 혼탁한 나의 색채를 정련하고 걸러 준다. 진실이 담긴 음악을 연주하고, 그 음악만큼 진실하게 살려고 했던 그의 마흔 생애는 피곤하고 안일한 중년의 귀를 간질인다.

콜트레인을 입은 날, 나는 진지하고 예민해진다. 그리고 완강하게 평균적 취향을 거부한다.

《My Favorite Things》

　　존 콜트레인의 일곱 번째 스튜디오 앨범이면서, 소프라노 색소폰으로 연주한 첫 번째 앨범이다. 영화 「사운드 오브 뮤직」에서 줄리 앤드루스가 부른 〈My Favorite Things〉가 14분 가까운 시간 동안 연주되며, 〈Every Time We Say Goodbye〉에선 연인과의 헤어짐이 매번 얼마나 아픈지 절절하게 동감하게 되고, 거슈윈의 곡 〈Summer Time〉과 〈But Not for Me〉가 스윙으로 연주된다. 잘 알려진 레퍼토리가 수록되어 폭넓은 인기를 누렸고, 1998년 그래미 시상식에서 명예의 전당상을 받았다.

　　1960년 마일스 데이비스가 콜트레인에게 소프라노 색소폰을 선물했는데, 그해 여름에 그는 마일스 밴드를 탈퇴하고 자신만의 콰르텟을 구성해서 이 앨범을 만들었다고 한다. 마일스의 그 선물은 어쩌면 "이젠 하산해서 너만의 세계를 만들라"는 선배의 암묵적 메시지였는지도 모르겠다. 1면의 두 곡은 소프라노 색소폰으로, 2면의 나머지 두 곡은 테너 색소폰으로 연주했는데, 확실히 느낌이 다르긴 하다. 난 저 뜨거운 《Blue Train》이나 불멸의 《Love Supreme》보다 소품 같은 《My Favorite Things》를 더 자주 듣는다.

III. 편애의

믹스테이프

그 영화 들어 봤어?

음악이 먼저야,
비참함이 먼저야?

영화 「하이 피델리티」 OST

어느 것이 먼저 오는 거지?

음악이야, 아니면 비참함이야?

사람들은 아이들이 총을 가지고 놀거나

폭력적인 영화를 보는 것에 대해 걱정하지.

그런 폭력의 문화가 결국 그들을 지배할 거라고.

그런데 그 누구도 아이들이 사랑으로 인한

상심이나 거절, 고통, 비참함이나 상실감을 노래하는

저 수많은 음악들을 듣는 것에 대해선 걱정하지 않아.

내가 팝 음악을 듣는 건 내 자신이 비참해서일까?

아니면 그런 팝 음악을 듣기 때문에

내가 비참해지는 것일까?

– 닉 혼비, 소설 『하이 피델리티』 중에서

#오늘의티셔츠

방백傍白. 음악 티셔츠는 어쩌면 방백일지도 모르겠다.

영화 「사랑도 리콜이 되나요?(원제 '하이 피델리티High Fidelity')」에서
주인공 롭을 연기하는 존 쿠삭은 간간이 관객들을 바라보며 주절주절
자신의 상황을 설명한다. 드라마 화자의 내레이션이면서 방백이다.
다소 당황스럽기도 하고, 당돌하지만 결국 "제가 번번이 물먹는 연애가
왜 이런가 하면요" 하며 애써 설명하려는 모습에선 귀여운 구석도
보인다.

당황스럽고 당돌하고 나이브한, 그래서 결국 귀여울 수도 있는 방백.
좋아하는 뮤지션과 밴드 자체의 이미지도 결국 하나의 방백 아닐까.

"어느 게 먼저 생겨나는 거지? 음악이야, 아님 비참함이야?"

「사랑도 리콜이 되나요?」의 주인공 방백에 담긴 그 전언을 새긴
티셔츠를 입고 거리를 나간다. 거리의 다른 이들이 관객인 셈이다. 누군가
내게 다가와서 "저는 비참함이 먼저라고 생각해요!"라고 얘기한다면,
그 사람은 아마도 강한 실연의 기억을 안고 사는 이일 것이다. 반대로
"음악이 먼저죠!"라고 말하는 이를 만난다면 어떨까. 그는 음악이 어떤
힘을 지녔는지 아는, 음악에 대한 감성지수가 높은 사람일 것이다.

티셔츠로 상상할 수 있는 낯선 이들과의 즐거운 만남이다.

허나 아직까지 그 누구도 "Which came first, the music

or the misery?"가 프린트된 나의 티셔츠에 반응해 주지 않았다.

우리말로 바꿔서 만든 티셔츠를 입고 다니면 행여나 반응해 오는

사람이 있으려나?

#티셔츠는방백 #음악과비참함어느게먼저야

FM 라디오 음악 방송, 서울 황학동의 '빽판(복사 해적판)집'과 동네 레코드숍, 음악 좀 듣는다는 친구들. 잡식성으로 음악을 마구 빨아들이던 80년대 대한민국의 팝 키드가 성장하는 데 필요한 3요소였다. 저녁 8시부터 10시까지 「황인용의 영 팝스」를 듣고 자정 넘어 「전영혁의 음악세계」를 듣는다. 또 다른 심야 시간, 프로그레시브 록과 아트 록을 전문적으로 선곡해 주던 성시완의 「음악이 흐르는 밤에」도 있었다. 레코드숍에 가면 재야 고수들이 자발적으로 팝 음반을 소개해 주고 배움의 시간이 끝나면 쇼핑이 시작되었다. 친구들은 음악에 대한 서로 다른 정보와 깊이를 나누던 공동체이자 헛된 소문의 근거지였다. 서로 발 빠르게 "어때, 죽이지?"라고 할 만한 음악의 비급을 준비해 와 초식을 겨루듯 꺼내 놓고, 배움과 깨우침, 내

공을 쌓아간다. 이 모든 행위의 끝엔 연애의 매개체 '녹음테이프', 요즘의 표현으로는 '믹스테이프' 제작이 있다. 진지하게 정성을 담아 테이프 양면에 레퍼토리를 완성하고 노래 제목과 가사로 상대에게 전하고 싶은 메시지를 대신한다.

믹스테이프 하나면 사랑 고백, 위로, 응원, 심지어 조문까지, 전하지 못할 말이 없다는 남자들이 있다. 영국 작가 닉 혼비의 소설 『하이 피델리티』, 그리고 그것을 원작으로 한 스티븐 프리어즈Stephen Frears 감독의 영화 「하이 피델리티」. 국내 개봉 제목은 어이없게도 「사랑도 리콜이 되나요?」. 영화는 이를테면 골수 팝 마니아의 독단과 편견이 어떻게 사랑을 망치는지에 관한 것이다. 숱한 앨범 더미에서 진지하게 곡을 선별해 녹음한 믹스테이프도 거기에 어떻게 일조하는지. 시대 불문 청춘들이 툭 건네는 그 사랑 고백의 믹스테이프.

원작의 배경이 런던이었고 영화의 배경이 시카고였어도, 당대의 훈남 배우 존 쿠삭이 자의식 충만하고 찌질한 음악 덕후 주인공을 연기했어도, 서울의 동네 레코드숍을 전전하며 일상을 그리던 나에겐 일말의 이질감도 없는 동병상련의 연가였다.

롭은 음악 마니아이자 '챔피언십 바이닐'의 사장이다. 레코드숍에는 그 말고도 자신들의 음악 지식을 과시하기 위해 시시때때 이른바 '톱5 리스트'를 겨루는 음악 속물 딕과 배리가 직원으로 일하고 있다. 롭은 여자친구 로라가 집을 나가자 과거에 사귀었던 가장 기억에 남는 다섯 명의 여자친구들을 돌이켜본다. 여기서도 그놈의 '톱5'다. 그리고 그들을 만나 지난

날 서로의 관계가 왜 진전되지 않고 이별했는지 짚어본다. 롭이 자신의 문제를 깨닫고 로라와 재회한다는 내용이 '사랑 리콜'을 떠올리게 할 수는 있겠지만, '하이 피델리티'는 사랑의 최선을 위한 제목이 아니다.

영화를 만든 스티븐 프리어스는 이전에 「나의 아름다운 세탁소」, 「위험한 관계」, 「메리 라일리」 같은 진지한 극 영화를 만든 사람이라 의외였지만, 원작 소설을 쓴 닉 혼비는 팝 음악 에세이를 냈을 정도로 잘 알려진 음악 마니아이고, 주연 롭을 연기한 존 쿠삭과 레코드숍 점원 배리 역의 잭 블랙은 적당한 능청스러움과 풍부한 음악 지식으로 음악 좀 안다고 자신들만의 배타적 세계를 구축한 속물 캐릭터를 맡기에 정말 제격이었다. 무엇보다 이 영화의 OST는 아마도 세상에서 가장 잘 알려진 팝 음악 마니아의 믹스테이프일 것이다. 열다섯 곡 하나하나가 상황과 장면의 맥락에 딱 들어맞게 배치되어 있다. 들을 때마다 롭의 방백과 레코드숍에서 배리가 내뱉는 시건방진 음성이 환청으로 들린다.

턴테이블 위에서 돌고 있는 까만색 LP판을 클로즈업하며 까슬까슬한 기타와 보컬이 깔리는 더 서틴스 플로어 엘리베이터스The 13th Floor Elevators의 〈You're Gonna Miss Me〉로 영화가 시작된다. 루 리드Lou Reed가 아닌 더그 율Doug Yule이 보컬을 맡던 벨벳 언더그라운드의 〈Oh Sweet Nuthin'〉과 〈Who Loves The Sun〉, 레코드숍에서 LP판을 고르고 있던 손님들이 연신 고개를 끄덕이던 베타 밴드Beta Band의 〈Dry The Rain〉, 일렉트릭 반주에 실린 밥 딜런의 〈Most of The Time〉과 킹크스Kinks의 〈Everybody's Gonna Be Happy〉.

그레타 거윅 감독의 「레이디 버드」에서도 흘러나왔던 러브의 〈Always See Your Face〉와 쉴라 니콜스Sheila Nicholls가 청아하게 부르는 〈Fallen For You〉의 달콤한 연애 발라드 한 쌍이 있고, 닉 혼비가 '인생 곡'으로 꼽는 엘비스 코스텔로Elvis Costello의 〈Shipbuilding〉, 여기에 언뜻 아티스트 이름을 감추고 들었으면 브루스 스프링스틴의 노래가 아닐까 싶을 스모그Smog의 〈Cold Blooded Old Times〉, 롭이 DJ를 하며 틀어주는 로열 트럭스Royal Trux의 〈Inside Game〉의 중독성 있는 엠비언트 루프 사운드도 잔상이 오래간다. 영화의 엔딩은 배리와 그의 밴드 '소닉 데스 몽키Sonic Death Monkey'가 부르는 마빈 게이의 〈Let's Get It On〉이 멋지게 장식한다. 이 유기적인 구성은 1시간 53분의 영화를 절반으로 압축해 준다. 잭 블랙의 절창은 영화 「스쿨 오브 락」과 그가 결성한 헤비 록 듀오 태너셔스D의 예고이기도 했다.

까탈스런 취향에 자신만의 음악 도그마가 있는 반면, 우유부단한 성격에 여성 편력까지 있는 롭은 레코드숍의 사장, 소위 '성공한 덕후'였다. 나는 곧잘 롭에 내 자신을 투사해 보고는 한다. 롭과 비슷한 나이, 청춘과 연애에 심리적 방황이라는 나이브한 이유를 갔다 붙였던 팝 키드로서 어렴풋한 동질감이 느껴지는 까닭이다. 물론 이 영화가 만들어지고 20년, 두 세대 정도가 지났다. 다양하고 새로운 음악의 조류가 나와 교차해 가며 새로운 취향이 만들어졌다. 한때는 전주만 들어도 가슴이 벅찼던 곡들이 식상하기 그지없는 클리셰로 들리기도 하고, 극히 드물지만 새로운 감흥을 주는 곡들도 있다. 나의 인생 여정마다 현실적인 결정들이 있었고, 그 지점마다 세상에 덤비지 않아야 한다는 몸 사림의 지혜가 발동했다. 닉 혼비의 에세이 『닉 혼비의 노래들』에서 그는 지미 페이지의 연주에 빗대어 나이 드는 일을 이렇게 묘사한다.

"나이가 들면서 내가 소비하는 것의 대부분은 수용accommodation에 관한 것이다. 이젠 나의 아이들도 있고, 인생에서 블루스 메탈 리프나 록 비트 등을 행복하게 듣지 못하는 아내와 이웃이 있다. 형편없는 것들에 소비되는 시간과 인내심이 줄어드는 한편, 내 자신의 판단에 대해 좀 더 확신을 갖고, 좋은 취향에 더욱 관심을 갖게 된다. 내 스스로 만든 주변 환경은, 일면 응당한 것이지만, 곧 내 성격의 반영이다. 그러나 인생에서 이를 배우느라 잃어버리는 것들이 생겨난다. 그중 하나는, 뭐 잘 모르겠지만, 아픈 아이들이 나오는 병원 드라마나 예술주의 실험영화 등에 대한 취향과 함께, 바로 지미 페이지다. 그가 만들어 내는 소음은 이제 더 이상 내가 아니다. 하지만 여전히 들을 만한 가치가 있는 소음이다. 그리고 또한 영리하게 성장하고자 하는 노력에는 대가가 따른다는 사실을 상기시켜 준다."

존 쿠삭의 다양한 얼굴 표정을 섬네일 방식으로 구성한 영화 포스터는 OST 앨범의 커버로도 근사했다. 나는 한동안 이 영화를 기념할 만한 티셔츠를 갖고 싶었다. 영화의 공식 굿즈가 판매되던 시대가 아니어서 한참 후에야 티셔츠를 제작해 주는 해외 사이트에서 맞춤 티셔츠를 주문했다. 그리고 몇 년 뒤 이 영화의 영향력은 나 혼자만의 것이 아니게 되었다. 회사에서 팝 음악 모임이 결성되었고, 그 동아리의 이름을 주저 없이 '하이 피델리티'로 정했던 것이다. 회사에서 지원해준 활동 보조금으로 "Which came first, the music or the misery?"라는 영화 속 롭의 자기 냉소적인 대사가 새겨진 에코백을 제작했다. 취향의 롱테일은 제법 길게 이어졌던 셈이다.

　모임에서 우리는 음악의 본질을 묻기도 하고, 자의식 과잉의 좌충우돌 구애 경험을 되새기기도 하고, 그때그때 '톱5'나 '톱10' 리스트를 만들며 시시덕거리기도 한다. 그런 식으로 세상을 되도록 천천히 수용해 나간다. 천천히 부식되기 위해선 대가가 따른다는 사실을 알고 있기 때문이다.

이번엔 제가
당신의 마음을 빼앗지 않았나요
영화 「재키 브라운」 OST

"저의 영화 작업 방식은 대개 오프닝 시퀀스부터

시작하는 겁니다. 그것에 대한 아이디어가 떠오르면

다른 것들이 풀려 가요. 바로 오프닝 장면에 들어가야 할

음악의 성격을 구상하죠. 중요한 건 영화의 리듬입니다.

그래서 어떤 리듬으로 가고 싶은지 알게 되면,

다음 작업은 간단해요.

제 집에 레코드숍처럼 꾸며 놓은 방으로 들어가서

영화에 주고 싶은 리듬을 찾는 것이죠."

- 쿠엔틴 타란티노의 매체 인터뷰 중

#오늘의티셔츠

쿠엔틴 타란티노. 'Written and Directed by Quentin Tarantino'라는
영화 크레디트만으로도 멋진 디자인이 되는 감독이다. 그 일관된
크레디트 폰트 디자인도 매력적이다. 궁금해서 찾아봤더니
'벤귀아트 볼드'라는, 디자이너들이 좋아한다는 폰트다.
불과 몇 년 후면 환갑을 맞지만, 내겐 여전히 '유희하는 영화 키드'와
'음악 마니아' 형 같은 존재다. 나는 이 형의 영화세계가 주는 유난한
쾌락은, 누구와 함께 나눠야 한다고 생각한다. '타란티노의 밤' 같은
파티에서.
'타란티노의 밤'을 진행하려면 조촐한 인프라가 마련되어야 한다.
교외에 전원주택을 짓고, 그 지하에 스무 명 정도 수용할 수 있는
상영관을 만든다. 최고의 영상 음향 장비는 기본이다.
교외 전원주택하면 공식처럼 연상되는 바비큐 저녁 같은 건 지양한다.
십중팔구 영화를 보다가 졸릴 수 있기 때문이다. 대신 각종 분식과 팝콘,
감자튀김, 오징어 등의 스낵과 맥주, 소다 음료 등을 떨어지지 않게
비치해 놓는다. 그리고 그의 영화를 '황혼에서 새벽까지' 본다. 이날의
드레스 코드는 무조건 타란티노의 영화 관련 이미지가 직접적으로
들어 있거나, 아니면 그의 영화에 등장하는 캐릭터들을 연상시키는
복장이다. 「킬 빌」에서 우마 서면이 입은 이소룡의 노란 원피스

트랙수트(전문 용어로 '전신 추리닝')나, 「펄프픽션」에서 존 트라볼타와 새뮤얼 잭슨 듀오가 입었던 헐렁한 티셔츠와 반바지, 「원스 어폰 어 타임 인 할리우드」에서 브래드 피트가 입었던 '챔피언' 티셔츠면 더할 나위 없겠다. 그럼 호스트인 나는 뭘 입을 거냐고?

벤귀아트 볼드체로 "각본 및 감독 쿠엔틴 타란티노"가 쓰인 그 티셔츠다.

요즘 국내 로또 당첨금 규모가 과연 이 프로젝트를 감당할 만한 수준인지 계산기를 두드려 본다. 지속적인 운영을 위해선 아무래도 연금복권까지 당첨되어야 할 것 같다. 시나리오는 완성됐다. 투자사가 필요하다.

#타란티노의밤 #벤귀아트볼드체의타란티노크레디트

한창 취업을 준비하고 있었던 대학 졸업반 시절. 학교 도서관에 앉아 국내 영자신문을 적어도 한두 면 정도 꼼꼼히 읽는 게 하루 일과 중 하나였다. 입사시험에 필요한 영어 어휘와 시사 상식에 대비하는 루틴이었다. 오월 어느 날이었던 것 같다.

"쿠엔틴 타란티노 감독의 「펄프 픽션」 칸영화제 황금종려상 수상. '헤모글로빈의 시인'이라 불리는 쿠엔틴 타란티노 감독은 종래의 영화 문법과는 다른 창의적 스토리와 유머, 강렬한 폭력을 인상적으로 그려 왔다. 브루스 윌리스, 우마 서먼, 존 트라볼타 등의 배우들이 출연한 이 작품은 심사위원들의 거의 만장일치에 가까운 지지를 얻었다."

문화면 톱기사의 내용이 대강 이랬다. 영화를 마구 섭렵하던 때여서 대체 어떤 영화일까, 궁금증과 기대가 컸다. 박찬욱, 봉준호, 김지운 등과 같은 국내 연출가들에게 따라붙던 '영화광' 출신의 감독이라는 이력은 「펄프 픽션」으로 일약 스타덤에 오른 타란티노에서 시작된 것이다. 영화광이 영화를 업으로 삼아 자신이 가장 좋아하는 장르 영화를 만들었는데, 그 장르에서 전에 없던 '골 때리는' 영화가 만들어졌던 것이다. 여기에 이십 대 시절 L.A.의 한 비디오 대여점에서 점원으로 수년간 일했다는 이력은 타란티노 감독을 좀 더 각별하게 느끼게 했다.

　　그 기사를 읽고 몇 달이 흘러 「펄프 픽션」이 개봉했다. 두 시간 반이 넘는 장편에다 옴니버스 구성, 배우들 면면도 꽤 다채로웠다. 2년 뒤 전작 「저수지의 개들」도 개봉했는데, '이 사람 정말로 영화를 사랑하는구나' 일종의 확신이 섰다. '영화로 영화를 유희하는' 사람이었다.

　　영화광 감독들에겐 공통점이 있다. 영화만큼이나 음악에 조예가 깊고, 어렸을 때부터 다져온 다양한 갈래의 방대한 리스트가 있다. 그러니 기존 곡들을 자신들의 작품 요소요소에 가져다 쓰는 재주가 탁월했다. 대체 저 곡을 어떻게 저런 장면에 쓸 수 있을까, 이런 곡은 대체 누구의 음악이지? 영화를 보다 말고 음악 생각을 하게 하는 장면들이 많았다. 때로 탁월한 뮤지션들을 스코어 작곡에 참여시키기도 했다. 쿠엔틴 타란티노의 영화에서는 음악이 극의 톤과 호흡을 조절했다. 그래서 나만의 타란티노 영화 음악 베스트 5를 추려 본 적도 있는데, 그러한 온전한 오리지널 사운드트랙이 발매되었다. 바로 영화「재키 브라운Jackie Brown」의 OST다.

이 음반에는 총 열일곱 곡이 들어 있다. 열네 곡은 60, 70년대 소울과 R&B이고, 세 곡은 영화에 나오는 배우들의 대사가 담긴 트랙이다. 영화에선 각 장면의 느낌을 완벽하게 받쳐 주거나 띄워 주고, 모아 놓으면 구성이 완벽한 명반이 된다. 반세기가 지난 올드스쿨이지만, 어떤 분위기를 유도하는 실로 쿨한 음악 리스트다. 소울과 R&B가 싫다면 요령부득이지만.

L.A.국제공항의 무빙 트랙을 타고 스튜어디스 복장을 한 재키 브라운(팸 그리어 분)이 이동하고 있다. 그녀의 옆모습은 섹시하면서도 자신감이 넘친다. 영화 팬들 사이에서 최고의 오프닝 트래킹 샷으로도 회자되는 장면이다. 그때 흐르는 음악은 바비 워맥Bobby Womack의 〈Across 110th Street〉. '첫 음악이 주는 그루브가 이렇다면, 이 영화는 생각할 것도 없이 쿨하겠군' 하는 믿음이 생긴다.

나는 오 형제 중 셋째, 살아남으려 뭐든 다 했지
내가 했던 일이 괜찮았다고 말하는 게 아니야
이놈의 동네를 벗어나기 위해
하루하루 싸움의 연속이었어

이 영화가 어떤 장르든 간에 밑바닥 인간들의 사연 많은 생존 '개싸움'이 펼쳐질 거라고 판을 깔아 준다. 그리고 이어지는 오델(새뮤얼 L. 잭슨 분)과 루이스(로버트 드니로 분)의 대화. 영어를 못 알아들어도 이 둘의 대화는 다음 곡을 위한 일종의 내레이션처럼 들린다. 새뮤얼 L.잭슨이 구사하는 게토에서 잔뼈 굵은 흑인의 리드미컬한 말투, 작정하고 단순한 연기를 구사하는 로버트 드니로의 나사 빠진 듯한 말투. 이 조합은 앨범 중간에서 기막힌 감초 역할을 한다. 귀로 들으면 눈앞에서 장면이 툭 터져 나오는 팝업북 같은 연상 작용을 일으킨다.

등장인물들 간의 욕망 구도나 로맨스 구도, 진행 속도 등 나는 「재키 브라운」을 '어른의 영화'로 분류한다. 모든 타란티노의 팬이 이 영화를 보고 나서 "타란티노 영화는 바로 이런 맛이지!" 하고 감탄하진 않을 것 같다. 타란티노의 인터뷰를 모은 책 『쿠엔틴 타란티노: 예술미와 현실미의 혼합』을 보면 타란티노도 그런 의도가 있었던 것 같다.

"이 영화를 본 사람들이 곧바로 제게 와서 '영화 정말 좋네요'라고 말하면 사실 좀 난감해요. 그들의 말을 못 믿는 게 아니라, 한 이틀 지난 후에 그렇게 말해 주면 좋겠어요. 「재키 브라운」은 '견디면서' 보는 영화거든요. 관람하고 적어도 이틀이 지나야 좋아지도록 만들었어요."*

이십 년이 지난 후 이 영화를 다시 보면 어떤 느낌이 들까? 당연히 처음과는 전혀 다른 감흥을 받을 것이다. 하지만 영화의 상당 부분을 음악이

* 쿠엔틴 타란티노, 위의 책, 마음산책, 2014.

이끌고 나간다는 느낌은 달라지지 않을 듯하다. 타란티노는 영화와 음악의 관계를 다음과 같이 설명하기도 했다.

"음악을 영화에 사용하는 것이 쿨한 이유는, 시퀀스에 딱 어울리는 곡들을 넣는 것이 가장 시네마적인 일이기 때문입니다."

한편, 〈재키 브라운〉과 상관없이 나의 타란티노 영화 음악 Top 5.

1. 〈You Can Never Tell〉, 척 베리Chuck Berry. 「펄프 픽션」에서 미아(우마 서먼 분)와 빈센트(존 트라볼타 분)가 트위스트를 추는 유명한 장면에 흐른다.

2. 〈Girl, You'll be a Woman Soon〉, 어지 오버킬Urge Overkill. 역시 「펄프 픽션」에서 미아가 집에서 노래를 따라 부르며 혼자 신나게 춤추는 장면에 쓰인다. 화장실에선 그녀를 지키는 임무를 맡은 빈센트가 그녀에게 빠지지 말자고 반복해서 다짐하는 가운데, 코카인을 잔뜩 들이마신 미아는 코피를 흘리며 졸도한다.

3. 〈Bang Bang (My Baby Shot Me Down)〉, 낸시 시나트라Nancy Sinatra. 「킬 빌 Vol.1」에서 갱단의 보스 빌(데이빗 캐러딘 분)에게서 벗어나 임신한 채 결혼식을 올리던 주인공 베아트릭스 키도(우마 서먼 분)가 빌의 무리들

에게 반죽임을 당한 처참한 몰골의 장면에 나온다. 세 장면 모두 우마 서먼이 등장한 걸 보면 어떤 게 먼저인지 헷갈린다. 우마 서먼인지, 음악인지.

4. 〈The Lonely Shepherd〉, 제임스 라스트James Last & 게오르그 잠피르Gheorghe Zamfir. 「킬 빌 Vol.1」에서 일본 검의 장인 한조에게서 키도가 비장한 분위기로 명검을 받는 장면과 빌과 무리들의 명단을 하나둘 지워 가는 비행기 안에서의 장면. 설마 했는데, 또 우마 서먼이다.

5. 〈Untouchable〉, 투팍Tupac. 「장고: 분노의 추격자」에서 닥터 킹 슐츠(크리스토퍼 왈츠 분)가 순간적인 화를 참지 못하고 악질 백인 노예 농장주 캘빈 캔디(레오나르도 디카프리오 분)를 총으로 쏜 뒤 일어나는 일련의 액션 장면에 깔린다.

타란티노의 영화 이미지를 소재로 한 티셔츠는 정말 많다. 영화 포스터나 스틸 컷에 영화 장면을 패러디한 다양한 아트워크 티셔츠가 국내외 온라인 쇼핑 사이트 여기저기에서 판매되고 있다. 그러나 아쉽게도 「재키 브라운」의 티셔츠는 많지 않다. 아마존에 몇 종류가 있긴 하지만 한국으로는 배송이 되지 않는 상황이고, 몇몇 해외 사이트에 있는 아이템들은 디자인과 품질이 그리 좋지 않다. 타란티노의 다른 작품들보다 「재키 브라운」의 흥행이 떨어졌던 탓인지도 모르겠다. 내가 대신 구입한 건 'Written and Directed by Quentin Tarantino'라는 오프닝 크레딧의 타이포그래피가

프린트된 '러시아제' 티셔츠다. 팬심을 작가의 이름으로 드러낸 일은 흔치 않지만, 막상 입어보니 나름 쿨한 구석이 있다.

쿠엔틴 타란티노는 총 열 편의 영화만 연출하겠다고 공언했다. 물론 각본가나 제작자로서의 활동은 계속 이어가겠다고 했지만, 감독으로선 아홉 번째 연출작인 「원스 어폰 어 타임 인 할리우드」를 내놓은 후 이제 딱 한 편 남았다.

"좀 더 만들었으면 좋겠다고 사람들이 원할 때 떠나는 것이 좋은 것 같습니다."

최근 인터뷰에서 그는 은퇴 의사를 재확인했다. 관객들은 뭐 어찌해 볼 도리가 없다. 2019년 작 「원스 어폰 어 타임 인 할리우드」까지 보고 나니 나의 머릿속엔 부드러운 소울한 곡이 흐른다. 델포닉스의 〈Didn't I (Blow Your Mind This Time?)〉.

"이번엔 제가 당신의 마음을 빼앗지 않았나요?"

그래요, 세어 보니 이번이 아홉 번째군요.

IV. 움직이는

행복의 갤러리

이럴 땐 이런 티셔츠

티셔츠 하면 어떤 생각이 떠오를까? 언제든 툭 꺼내 입기 편한 옷, 가장 편하고 단순한 디자인의 옷. 하지만 동시에 자신의 취향과 스타일을 표현할 수 있는 패션 아이템이기도 하다. 그래서 저 단순한 옷에도 종류와 디자인, 가격이 실로 천차만별이다.

티셔츠는 19세기부터 입기 시작했는데, 원피스 스타일의 속옷을 상의와 하의로 나누면서 발전된 옷이라고 한다. 우리에게 익숙한 현재의 형태가 된 건 1900년대 초 미 해군이 유니폼의 속옷 상의로 입으면서부터다. 그때 해군 선원, '크루Crew'들이 입었다고 해서 지금까지 가장 보편적인 티셔츠 스타일 중 하나로 애용되는 것이 바로 크루넥crew-necked 티셔츠다.

티셔츠가 하나의 온전한 패션 아이템으로 인식된 건 1950년대 미국의 영화배우 말런 브랜도 때문이다. 1951년 영화 「욕망이라는 이름의 전차」가 개봉하는데, 티셔츠의 심플한 디자인으로 그의 근육질 몸매를 그대로 드러내 주었다. 할리우드의 아이콘이 앞서 보여줬으니, 이후부터는 대중문화를 넘어 패션 업계로 확장될 차례였다. 그리하여 지구상 가장 편하고 단순하며 저렴하고 멋스런 패션 아이템으로 등극하게 된 것이다.

록과 팝 스타 디자인의 티셔츠도 티셔츠의 역사를 논할 때 엄연히 하나의 분야로 다뤄진다. 좋아하는 뮤지션의 티셔츠를 소장하기 위해서는 때로 엄청난 노력과 투자가 필요한데, 인생에서 기다림, 노력, 투자가 들어가는 행위 뒤엔 보통 '기억'이 남는다. 나는 자칭 팝 키드로서 음악이 주는 각별한 감동과 즐거움, 그 음악을 만들어 낸 아티스트들의 남다른 이야기들을 늘 소중하게 간직하며 살아 왔다. 그리고 그 이야기들은 아티스트만의 개성이 표현된 티셔츠와 만나고는 했다. 음악 티셔츠에는 음악과 음악인과 그들이 추구하는 삶과 그들의 이미지를 차용하고 싶은 팬들의 바람이 담긴다. 물론 독창적인 디자인과 멋도 빼놓을 수 없는 부분이다. 나는 거리에서 뮤지션의 티셔츠를 볼 때면, 내가 입고 다니며 느끼는 즐거움 못지않은 설렘을 느낀다. 내겐 그 풍경이 살아 움직이는 갤러리인 것이다.

뮤직 티셔츠를 골라서 입는다는 것은 내가 나라는 사람을 전시하는 갤러리의 큐레이터가 된다는 의미도 있다. 나의 이미지를 티셔츠로 구현하는 것이다. 그래서 점차 특정 뮤지션의 이미지를 걸치는 경우보다 하루의 기분, 만나야 할 사람, 방문 장소에 따라 일상적으로 바뀌는 경우가 더 많아졌다. 그리고 일상이 거듭되며 만들어진 일정한 패턴이 있다.

이러거나 저러거나 여유를 갖고 싶을 때

마이클 프랭스

직장인에게 평일 연차 휴가란 무엇일까? 마른 화분에 주는 물, 마라톤 경기에서의 급수대. 뭐 그런 것에 준하는 감흥이 아닐까?

제때 여름휴가를 내지 못해서 7, 8월을 도시에서 보내야 했던 작년 9월. 나는 습관처럼 서울-양양 고속도로를 탔다. 두 시간이 채 걸리지 않는 길, 지리한 긴 터널 몇 개만 지나면 7번 국도다.

그날의 주문진 방향 7번국도 위 오후의 한때, 대략 5분 남짓 거짓말처럼 나 외에는 그 어떤 차도 보이지 않았다. 태양은 빛났고, 짙푸른 해변이 보이기 시작했다. 마이클 프랭스의 노래를 듣기에 적절한 때였다. 〈I Don't Know Why I'm So Happy I'm Sad〉. 그때의 노래. 내 마음이 딱 그랬다. 모든 것이 완벽한 하루의 시간. 한 뼘쯤 더 넓어진 마음의 여유, 혹은 빈틈.

시나브로 자신 앞에 찾아온 압축된 행복에, 이유 없는 쓸쓸함이나 애수를 느끼는 게 어쩌면 자연스런 일인 걸지도.

안토니오 카를로스 조빔의 영향을 받았고 〈Antonio's Song〉과 〈Vivaldi's Song〉으로 기억될 보사노바풍의 재즈 싱어송라이터, 마이클 프랭스. 나는 마이클 프랭스의 음악을 들을 때, 의도적인 현실 도피와 탐미를 생각한다. 힘들고 복잡한 세상의 시민으로서 그의 앨범을 듣노라면 어김없이 순간의 작은 평온이 찾아온다. 그래서 대략 이런 선언을 하게 된다.

'힘들고 복잡한 세상에, 음악마저 꼭 힘들고 복잡할 필요가 있는가?'

그는 늦깎이 뮤지션이다. 스물아홉이 되어서야 본격적으로 전업 뮤지션의 길로 들어섰다. 고등학생 시절 재즈에 눈을 뜨긴 했지만, 오랜 기간 그가 애정을 쏟았던 대상은 문학이었다. UCLA에서 비교문학을 전공하고 오레곤대학교에서 석사를 땄으며, UCLA 강사로 사회생활을 시작했다. 그의 노래가 시적인 감수성으로 잔잔하게 빛나면서 운율에도 충실한 것은 그의 이러한 경력 때문이다. 그는 줄곧 데이브 브루벡이나 패티 페이지, 스탄 겟츠, 주앙 질베르투, 안토니오 카를로스 조빔, 마일스 데이비스 등의 재즈 음악을 즐겨 들었다.

뜻이 있는 곳에 길이 있고, 만나야 할 사람은 결국 만난다는 인생의 보편적 경험칙에 따라 마이클 프랭스는 조빔과 빌 에반스를 함께 만나게 된다. 그것도 조빔의 아파트에서. 평소에 흠모해 오던 음악 세계의 주인공들을 만나는 자리, 얼마나 설레고 흥분되었을까? 그의 회고에 따르면, 빌 에

반스가 들려주었던 앨범 녹음담과 재즈 바닥에서의 경험은 성경 말씀이나 호머에게 직접 듣는 그리스 대서사시 같은 느낌이었다고 한다.

이듬해 마이클 프랜스는 조빔을 '모시고' 작업한 앨범 《Sleeping Gypsy》를 내놓는다. 영감의 원천이자 대선배를 노래하는 〈Antonio's Song〉과 〈Lady Wants to Know〉, 〈Don't Be Blue〉, 〈Down in Brazil〉 같은 명곡들이 이 앨범에 수록되었다. 그리고 창작자로서 큰 굴곡 없는 커리어가 지속되었다. 공전의 히트를 기록했던 앨범은 없었지만, 균질하게 세련되며 편하게 그루브를 느낄 수 있는 보증된 음악들이 계속해서 발표되었다.

마이클 프랜스의 많은 팬들이 그의 음악을 '달래는', '위로하는' 음악이라고 표현한다. 그는 성정 자체가 느긋한 미풍에 실려 사는 사람 같다. 그의 인터뷰 영상이나 육성 곳곳에 자연과 동물에 대한 애정, 인간애, 감사와 예찬이 들어차 있다.

언젠가 한 인터뷰에서 그는 재미있는 일화를 소개했다.

"해마다 뉴올리언스를 갑니다. 그곳에 있는 '하우스 오브 블루스'라는 공연장에서 연주를 하죠. 한번은 공연 전 음향 체크가 좀 늦었어요. 그래서 저도 좀 늦게 들어갔는데 공연장 입구가 사람들로 가득 차 있는 겁니다. 무대 쪽 입구로 가려고 그들을 헤쳐 가는데 한 젊은 친구가 옆에 있던 커플 관객에게 '오늘 누가 공연하나요?'라고 묻는 거예요. 그러자 그중 한 명이 '몰라요. 어떤 나이 든 재즈 가이Some Old Jazz Guy인 거 같아요'라고 답하더군요. 와, 멋진 표현 아닌가요, '어떤 나이 든 재즈 가이!'"

어떻게 들으면 섭섭했을 그 표현을 그는 아무렇지 않게, 오히려 긍정적으로 받아들였다. 뿐만 아니라 그의 부인이 'SOJG'라는 약자로 수를 놓아 준 야구 모자를 쓰고 공연을 하거나 인터뷰를 하기도 했다.

나로서는 흉내도 내기 힘든 천성적인 여유. 그의 여유를 조금이라도 내게 옮겨 오고 싶을 때 나는 그의 티셔츠를 입는다. 결코 쉽지 않은 과정으로 구입한 티셔츠다. 아마존에는 없었다. 이베이나 다른 빈티지 경매 사이트에도 가뭄에 콩 나듯 한두 벌 정도만 올라왔다. 그의 공식 홈페이지와 협약을 맺은 'Cafe Press'라는 공식 머천다이즈 사이트에도 티셔츠의 재고가 넉넉하지 않지만, 그나마도 대한민국은 배송 대상 국가에서 빠져 있었다. 그의 티셔츠를 수중에 넣으려면 두 가지 방법이 있었다. 일 년에 열 번 정도 열리는 그의 콘서트 현장에 가서 제한된 관객에게 판매하는 상품을 사거나, 글로벌 배송 대상 국가에 사는 친지에게 부탁을 하거나.

나는 후자의 방법을 통해서 그의 열일곱 번째 앨범《Time Together》의 커버가 프린트된 흰색 셔츠를 구매했다. 붉은 꽃잎이 흩날리는 만월의 밤, 굽이진 강 위로 작은 배가 떠간다. 그 배에는 한 사람과 작은 동반자가 앉아 있다. 이 앨범을 작업하던 시기 세상을 떠난 그의 닥스훈트 '플로라'다. 강물 옆 나무 밑둥에는 'Time Together함께한 시간'라는 앨범 타이틀이 손 글씨로 쓰여 있다.

얼마 전 그의 디스코그래피에서 유일하게 발매된 박스 세트 CD를 구매했다. 지난 38년간 발표했던 주옥같은 레파토리들이 라이너 노트와 함께 담겨 있는데, 그동안의 음악이 자신에게도 하나의 꿈과 같았던 걸까? 타이틀이 《The Dream 1973-2011》이었다. 그의 음악을 듣고 있으면 더욱 절실하게 그의 공연을 보고 싶어진다. 그는 1996년에 딱 한 번 내한 공연을 가졌다. 이제 그의 나이도 일흔 후반. 그는 앞으로 공연을 위해 먼 곳을 다니긴 힘들고, 원하는 곳만 갈 수 있을 것 같다고 한다. 뉴 올리언스 행 티켓이라도 끊어야 할까? 그렇게 그를 만난다면 꼭 이 말을 전해 주고 싶다.

"하이, 썸 올드 재즈 가이! 오늘 평안하고 행복했습니다. 아니, 20년 동안 당신과 '함께한 시간'은 여유로웠습니다."

어쨌거나 할 말은 해야겠다 싶을 때

벤 폴즈

미국 공영 라디오방송NPR의 'Tiny Desk Concert'라는 공연 영상을 자주 본다. 뮤지션마다 보통 네다섯 곡을 연주하는데, 언플러그드 구성의 연주에다 효과음은 없고, 방송국 사무실 책상에서 하는 공연이라 뮤지션의 민낯이 적나라하게 드러난다. 테일러 스위프트, 아델, 콜드플레이도 여기에 나와 라이브를 했다. 그럼에도 나는 주말 아침엔 벤 폴즈 편을 찾아본다. 랜선 관람이지만 거리감 없는 장소가 주는 친근함과 생생함, 유일한 관람객인 직원들의 가족적인 분위기까지 이 영상의 감흥은 남다르다.

트위드 헌팅캡을 쓰고 수염이 덥수룩한 얼굴에 니트, 진, 두꺼운 뿔테 안경을 하고 나와 피아노를 연주하다가 쿵짝쿵짝 리듬도 치며 노래를 부르는데, 〈Phone in a Pool〉의 두 번째 절에 가서 갑자기 가사를 까먹는다. 관객들이 박수를 치며 독려해 주자 벤이 자조적으로 한숨 쉬듯 말한다.

"세상에선 개판 친 것으로 박수를 받는 일이 벌어지기도 하지요."

그리고 다시 시작하지만 여전히 가사가 떠오르지 않는다.

"아, 대체 그 망할 놈의 가사가 뭐였지?"

그러고는 즉흥적으로 가사를 붙여 가며 노래를 부른다. 원래 가사에 버금가게 재치 있는 말들이라 그 나름의 맛이 있다. 자기경멸에 가까운 까칠한 노랫말과 그와는 대조적으로 밝은 멜로디. 살아간다는 게 이율배반과 아이러니임을 노래하지만 관객은 즐겁다.

벤 폴즈. 1966년생 미국 노스 캐롤라이나에서 태어나 1995년부터 2000년까지 얼터너티브 록 밴드 벤 폴즈 파이브Ben Folds Five로 활동. 2001년 밴드는 일시적으로 해체되었고, 그는 솔로 뮤지션으로 활동을 이어갔다. 그 일시적 해체 기간이 10년간 이어지다, 2011년 벤 폴즈 파이브가 재결성되었다. 현재 벤 폴즈는 솔로와 그룹 활동을 병행하고 있다.

몇몇 정색한 음악 평자들이 그를 엘튼 존이나 빌리 조엘과 비교한다. 그 말에 고개를 갸우뚱하는 사람들 또한 적지 않다. 이를테면 그 둘이 대도시의 음악인이라면, 벤 폴즈는 그의 데뷔 앨범 제목처럼 '변두리 동네를 휘저을Rockin' the Surburbs' 정도라 해야 어울리는, 언뜻 비교 대상이 아닌 것처럼 보일 수 있기 때문이다. 그는 피아노로 록을 한다. 지금은 자신의 팝에 클래식을 접목하여 협주곡까지 욕심내고 있지만, 그의 음악은 기본적으로 화가 나 있고 삐뚤어져 있다. 그는 자기 삶이 부조리하다 생각하고 그 생각을 노래로 가감없이 드러낸다. 쓸데없이 희망 갖지 말라고, 희망을 얘기하는 사람들의 말에 신경 끄라고, 따뜻한 격려와 독려만 하는 사람은 지긋지긋한 나락의 현실을 감추고 있다고. 그는 주장하거나 훈계하지 않는다. 그저 화를 낸다. 그걸 듣고 사람들이 위안을 얻는지 반성을 하는지는 분명치 않지만, 인생의 빤한 슬픔을 상기시켜주는 데 이왕이면 달콤한 멜로디가 더 낫지 않을까?

그의 공식 머천다이즈 티셔츠 디자인은 어김없이 피아노 건반이다. 그의 이름과 함께 큼지막하게 그려진 건반 디자인의 티셔츠를 '벤폴즈 닷컴'에서 몇 벌 사서 입고 있다. 그 온라인 스토어에는 파타고니아 스웨터 재킷같이 품질 좋은 아이템도 있고, '벤 폴즈에게서 훔친 펜I Stole This Pen from Ben Folds'이라고 적힌 볼펜도 있다. 그 티셔츠를 입고 거울을 쳐다보면, 이제 사무실에 앉아 신경질적으로 노트북 자판을 두들겨야 할 것 같다. 아니면 다들 똑같은 얘기만 반복하는 데면데면한 저녁 모임 자리를 박차고 나오거나 남들 다 집중한 공연장에서 수다를 떠는 비매너인에게 당당하게 주의를 주거나. 내가 벤 폴즈의 티셔츠를 입는다고 정말 그럴 수 있을까? 대답은 글쎄. 하지만 부조리한 것은 부조리하다고 말을 해야, 다음 단계, 화해가 가능하지 않을까.

오늘이 가장 아름다운 한때라고 다짐할 때

R.E.M.

R.E.M., 렘수면. 뇌파가 각성했을 때와 같은 진폭을 나타내는 수면 시기인 '급속 안구 운동Rapid Eye Movement'의 약자다. 처음엔 우리의 불안한 무의식을 노래하고자 하는 심오한 작명 의도라도 있나 했다. 그러나 다른 많은 밴드들이 그랬던 것처럼, 이것도 우연, 어떻게 보면 작위의 산물이었다. 팀의 보컬이자 프런트맨 마이클 스타이프Michael Stipe가 팀명을 정하기 위해 사전을 펼쳐 무작위로 단어를 골랐는데, '줄 꼬인 연Twisted Kites', '오줌통들Cans of Piss', '흑인의 눈Negro Eyes'이 그 경쟁 후보였다고 한다.

R.E.M.은 2007년 3월 로큰롤 명예의 전당에 헌액됐다. 마이클 스타이프는 아마도 그들의 경력 중 가장 무게감 있게 팀 이름을 소개했다.

"저희 할머니가 생의 마지막 해에 제게 하셨던 말씀이 있어요. '너희 R.E.M.은 모든 순간을 기억해Remember Every Moments라는 의미란다.' 저는 지금 이 순간을 절대 잊지 않을 겁니다."

모든 순간까지는 아니라도 누구나 중요하다 생각되는 순간들을 기억하고 있을 것이다. 처음 미국 땅을 밟아 본 1994년 겨울, 나는 뉴욕의 동네 레코드숍들을 어슬렁대고 있었다. 맨해튼에서는 대형 레코드숍에 들어가 본토의 현실을 정신없이 파악하고 있는데, 매장에서 크게 틀어 놓은 음악 한 곡에 붙들렸다. 익숙한 음색, 누구지? 매장 직원에게 이 노래가 뭐냐고 물었다. 직원은 R.E.M.의 새 앨범《Monster》에 들어 있는 〈What's the Frequency, Kenneth?〉라고 알려주었다. 그러고는 매장의 가장 큰 매대에서 그 앨범을 꺼내 와 끼워 팔기로《Out of Time》앨범까지 손에 쥐여 줬다.

얼마 안 가 나는 사회생활을 시작했고 제법 자신감과 희망에 차 있었다. 집에서 사람 구실을 했고, 안정을 찾아갔고, 연애도 따라왔다. 예술, 새로운 문화, 더 민주화된 시대정신. 그리고 라디오헤드, 너바나, 그린데이, 오아시스 같은 이전까지 들어본 적 없던 음악들이 쏟아져 나왔다. 아름다운 시절이었다. 그 시절의 기쁨이 나에겐 삶의 자산이 되었다.

R.E.M.은 정말 박수칠 때 떠났다. 제목 자체가 의미심장한 앨범《Collapse into Now》를 발표한 2011년 9월, "이제 우린 밴드로서 끝났음을 밝힌다"라는 성명을 내고 팀 활동을 끝냈다. 멤버 네 명의 우정은 여전히 변함없고, 그들의 옛 동네 애신스에서 연주를 하기도 한다. 팀의 얼굴 마이클

스타이프는 구루처럼 수염을 덥수룩하게 기르고 환경 운동과 반反공화당 정치 활동을 하며 가끔 미디어에 등장한다. 그러나 모두들 '공식적' 음악 활동은 하지 않는다. CBS의 아침 프로그램 진행자가 마이클 스타이프에게 물었다.

"향수에 젖지 않나 봐요?"
"전 향수에 젖는 게 싫습니다. 절대 되돌아보지 않을 거예요."
그의 눈에 푸른 눈물이 살짝 어려 있었다.

나는 종종 90년대의 나를 소니 워크맨과 CD플레이어, 캔버스 운동화, 청바지로 기억한다. 그리고 이제 10년 뒤를 그리며 '화양연화', '한때의 아름다움' 같은 말들을 떠올린다. 그때, 향수에 젖어 허우적거리는 모습이고 싶지는 않다. 하지만 '절대 되돌아보지 않을 거예요'라고 자신 있게 말할 수 있을까? 애상은 단호할 때 더 아름다운 건지도 모르지만, R.E.M.의 티셔츠를 입을 때 Remember Every Moment, '가장 아름다운 한때인 오늘을 기억해야 해'라고도 말해 본다.

단순화된 생활 패턴에서 벗어나고 싶을 때

노라 존스

첫 앨범 〈Come Away with Me(2002)〉로 2천7백만 장이라는 엄청난 판매 실적을 거둔 이래 지금까지 총 7장의 스튜디오 앨범을 발매했고, 누적 판매량은 5천만 장. 스물넷 어린 나이에 인기, 명성을 거머쥐었으니 좀 더 폭넓은 활동을 위해 대형 소속사와 관계를 맺을 법도 했다. 재즈라는 정체성에서 벗어날 수 있는 계기를 일부러라도 만들 수 있었다. 하지만 노라 존스는 그렇게 하지 않았다. 자신의 커리어가 시작된 레이블 블루노트에 남았다.

"내가 좋아하고 자신 있는 것을 하려고 해요."

그녀는 재즈를 좋아한다고 했다. 아직 자신 있다고는 말하지 않았다. 고등학생 시절, 재즈 잡지 「다운비트」가 선정하는 학생 부문 재즈 뮤지션들 중 최우수 재즈 보컬리스트에 2년 연속으로 뽑혔음에도, 최우수 오리지널 재즈 작곡가로 선정되었음에도, 대학에서 재즈 피아노를 전공하고 불과 스물넷에 블루노트 소속으로 플래티넘 음반을 만들어 냈음에도 그녀는 말한다.

"재즈라는 말은 참으로 무거운 말이에요. 왠지 모르겠지만요."

재즈 뮤지션이라 불리는 것을 거부하는 것이 아니라, 그 거대한 음악을 감당할 자신이 없다고 한다. 그러면서 블루노트에 남아 최고의 재즈 아티스트들과 함께 작업해 나가고 있다.

2000년대 중반 서울의 여느 분위기 좋은 바나 레스토랑에 가면 〈Don't Know Why〉나 〈Come Away with Me〉가 꼭 한 번은 나왔다. 그녀는 달콤했고 쉬웠고 디저트와 잘 어울렸다. 나는 그녀가 재즈 뮤지션이라기보단 새로운 유형의 팝 디바라고 생각했다. 명성이 너무 빨리 찾아와서 미칠 뻔했다는 회고도 있지만 데뷔작 이후 흔히 겪는 소포모어 징크스도 없이 그녀는 히트작을 이어갔다. 무엇을 해야 할지 분명히 알고 있는 것 같았으며 가만히 앉아서 이전의 성공 공식을 되풀이하지 않았다.

외출 대신 '안방극장'을 택하는 주말이 늘어간다. 영화를 검색하다 보

면 슬며시 이미 봤던 영화 리스트로 넘어가고, 이미 검증된 감동을 되짚으며 안도한다. 인생의 공허함과 외로움, 권태를 온몸으로 받아 내고 있는 중년 남자까지는 아니지만, 감정에도 패턴이 생겼다.

세 번쯤 봤던 빌 머레이와 스칼렛 요한슨 주연의 영화를 틀어 놓고 소파에서 나른하게 졸고 있던 어느 주말, 문득 감상도 감정도 익숙한 테두리를 벗어나지 않으려 한다는 자책에 사로잡혔다. 내가 사는 한강 동쪽에서 강을 거슬러 파주를 향해 달렸다. 목적은 그저 커피 한 잔이었다. 노라 존스의 2016년 앨범《Day Breaks》가 다섯 번쯤 되풀이되고 있었고, 성산대교 너머로 앨범 재킷과 거의 흡사한 금빛 저녁이 내려앉고 있었다. 하루살이들이 일몰을 타고 분주하게 맴돌았다. 그들 생의 황혼이었을 것이다. 그녀는 손을 건반에 가볍게 올리고 있다. 색소폰 연주는 차 안의 공기를 덥힌다. 나는 룸미러에 비친 노라 존스의 'songbird' 티셔츠를 바라본다. 티셔츠의 울긋불긋 과감한 컬러는 단순화된 중년의 패턴에선 약간 꺼려지는 도전이었지만, 그렇기 때문에 권태를 물리치는 데 도움이 되는 것 같았다.

책 몇 권을 사고 차를 마시자 해가 완전히 저물었다. 5분이 흘렀는지 다섯 시간이 흘렀는지 시간의 밀도가 분명치가 않았다. 기억이란 확실히 서사가 아니라 인상이다.

어떤 게 먼저일까?
음악? 티셔츠?

누군가 무엇을 먹을까 식당을 검색하
거나 무엇을 읽을까 서점을 서성이는
동안, 나는 음반 컬렉션 앞에서 오늘
은 어떤 음악을 들을까 고민하고
옷장 앞에서 어떤 티셔츠를 입을
까 망설인다. 선택의 결정적 요
소는 그날의 기분이지만, 그 기
분을 좌우하는 것은 대개 내가 처
한 상황과 내 나이의 무게감을 받아
들이는 그날의 생각, 태도다. 어느
날은 의욕적이었다가 또 어느 날은
버겁고, 또 어느 날은 이도저도 초탈
한 듯하다. 나의 몸은 갤러리가 되어 시
대, 분야, 분위기를 정하고, 계절에 맞게 단장
한다. 나에게도 내가 자주 연출하는 결정적 요
소가 있음을 알게 된다. 이 갤러리에서 나는 표
현하는 게 아니라 구현된다.